하는 일마다 잘될 사람이니까.

하는 일마다 잘되리라

하는 일마다
잘 되 리 라

전승환 에세이

북로망스

프롤로그

우리는 인생을 살면서 참 다양한 계절을 만납니다. 싱그러운 봄과 활기찬 여름 오색이 찬란한 가을과 흰 눈꽃이 만발한 겨울을 만나기도 하고, 나는 언제 피어날 수 있을까 하는 조바심에 맞는 봄과 무더위에 지친 사람처럼 힘을 잃은 여름 쓸쓸하고 외로운 가을과 시리고 추운 겨울을 만나기도 합니다. 수많은 각자의 계절을 우리는 겪고 나아가고 있습니다. 저 역시 여러 계절을 겪으며 쓰러지고 일어나기도 하면서 서늘한 바람을 느끼기도 하고 희망에 찬 햇빛을 만나기도 했습니다.

그렇게 인생을 걸어가며 느꼈던 이야기들이 참 많은 분께 위로가 되고 희망이 되었단 사실에 놀랍고 부끄러웠습니다. 그저 나를 위로하고자 담담히 써갔던 글과 이야기들에 생각보다 큰 공감을 해 주시고 과분할 정도의 응원을 보내주셨기 때문입니다. 이렇게 많은 관심을 받아도 되는지, 부끄럽고 보잘것없는 글인데 공감을 받았다고 뿌듯해해도 되는지 말입니다.

하지만 쓰는 일을 멈출 수는 없었습니다. 인생이라는 길에는 늘 풍파가 뒤따르고 그럴 때마다 또다시 흔들리고 꺾이면서 스스로를 다독여야 하는 일이 생겼기 때문입니다. 인생이란 것이 늘 내 뜻대로 되지 않는다는 것을 알고 그렇기에 재미있는 인생이라며 애써 마음을 다잡아 보아도 어김없이 크고 작은 파도들이 저를 삼켰기 때문입니다.

그래서인지 모르겠지만, 책 읽어주는 남자로 살아온 14년이란 시간이 누군가에게는 싱그러운 풀잎처럼 생기 돋는 위로가 되고 잊었다가 다시 돌아와도 늘 변함없이 서 있는 큰 나무처럼 삶의 버팀목이 되었던 것 같습니다. 그런 독자분들 덕분에 저는 한결같이 한자리에서 글을 전하는 작가로 살아가고 있는지 모르겠습니다.

보내주시는 따뜻한 댓글과 메시지들이 책 읽어주는 남자를 지속할 수 있는 원동력이었습니다. 계속해서 관심을 가져 주셔서 얼마나 기쁜지 모릅니다. 앞으로도 책 읽어주는 남자는 늘 한자리에서 위안을 전하고자 합니다. 잠자리에 들기 전 따뜻한 목소리로, 지친 여러분에게 따뜻한 글로, 힘든 하루하루에 힘이 되는 이야기로 말입니다.

나이가 들어가며 새롭게 보이는 것들과 인생을 겪으며 조금은 비워야 할 것들과 감수해야 할 것들을 알아가며 삶에서 느꼈던 바를 함께 고민해 보고 싶었고, 힘들게 겪는 하루하루를 나아갈 힘을 담아 응원의 말을 전하고 싶어서 이 책을 썼습니다.

당신은 강하고 단단한 사람입니다. 스스로를 사랑할 수 있고 믿음으로 걸어갈 수 있는 사람입니다. 때로는 여리고 힘없이 흔들리기도 하지만, 인생이라는 오랜 길을 함께 걸어갈 사람은 바로 '나'라는 사람이니, 내가 나를 믿어주지 않으면 때때로 외롭고 힘든 길을 어떻게 이겨낼 수 있을까요.

나는 믿습니다. 당신이 어디에 있든, 무엇을 하든, 언제 어디서라도 행복한 인생을 만들 거라고. 걸어가는 인생길 내내 찬란하고 따뜻한 빛이 비치리라고.

나는 희망합니다. 당신의 하루하루가 늘 새 마음으로 바다로 향하는 냇물처럼, 날마다 새롭고 아름다우며 깊고 넓어지길. 서로를 더 많이 생각하고, 서로를 더 많이 아끼고 위하며 건강하고 향기로운 사람으로 아름답길.

나는 응원합니다. 지금의 어려움과 슬픔이 어느 하나 버릴 것 없는 좋은 추억이 되어, 당신 인생의 귀하고 반짝반짝 빛나는 한 꼭지가 되리라는 것을.

나는 바랍니다. 당신이 어떤 모습이라도 사랑받고, 어떤 곳에 가더라도 편안하고, 누구를 만나더라도 행복하고, 무엇을 하더라도 즐거워하며, 하는 일마다 잘되기를.

차례

chapter 1.

어떤 모습이라도

사랑받고,

chapter 2.

어떤 곳에 가더라도

편안하고,

chapter 3.

누구를 만나더라도

행복하고,

chapter 4.

무엇을 하더라도

즐겁기를.

chapter 1.

어떤 모습이라도

사랑받고,

언제 어디서라도

행복한 인생이길

이리저리 휘둘리는 마음을 다잡기는 쉽지 않다. 세상의 풍파에 올곧은 마음은 휘갈겨지고 내팽개쳐지니까. 자신을 챙겨야 한다는 사실조차 모른 채 타인을 위한 삶 혹은 타인이 기대하는 삶을 지향하는 것이다. 그렇게 되면 자신의 마음을 가꿀 수 없고 돌보아 줄 수 없는 상황에 이르게 되고 무너지게 된다.

나도 때때로 내가 얼마나 더 대단한 사람이라는 사실을 잊은 채 남이 원하는 것을 좇고 남이 되고 싶어 하는 누군가를 따르며 자신을 잃어버리는 상황들을 마주하곤 한다. 그렇게 되면 스스로 주눅 들고 나는 아직 모자란다고 상대적 박탈감에 사로잡혀 괜한 슬픔과 우울함에 빠진다.

하지만 우리가 알아야 할 사실 하나는, 우리는 우리가 생각하는 것보다 훨씬 대단하다는 것이다. 마음먹기가 힘들 뿐이지 그 마음을 먹으면 충분히 잘할 수 있다는 소리를 어린 시절에 얼마나 많이 들어왔던가. 수천 번 넘어지고 일어서며 두 다리로 온몸을 지탱해 걸어 다니는 갓난아기 시절도 있었는데 고작 몇 번 넘어지고 쓰러졌다고 삶이 뒤흔들리지는 않으니까.

아직 아무도 모른다고 생각해야 한다. 우리의 잠재적인 능력과 가능성을. 마음속 깊이 끓어오르는 열정과 힘을. 타인이 생각하는 내가 아닌, 언젠가 미소를 지으며 흐뭇하게 스스로를 바라볼 내가 인정하는 나는 오직 나만 알고 있을 뿐이다.

언제까지 주눅 들고 의기소침해하며 남의 눈치만 볼 것인가. 진짜 나를 보여주는 것이 이제는 필요하지 않을까. 남은 몰라본다 해도 진정성 있는 내 모습을 분명 나는 원하고 있을 것이다.

물론 타인을 무시할 수는 없을 것이다. 친구들, 곁의 동료들 심지어 불특정 다수들까지 나보다 더 앞서나가고 잘 살아가고 있다고 생각해 속상하고 마음이 부산할 때가 있다. 그래도 이렇게 생각해야 한다. 그것은 그들의 삶이고 어떤 누구의 삶이라도 아픔과 슬픔이 있다는 사실을. 실제 그들의 삶이 나에게 전혀 상관이 없다는 사실을. 혹시나 그런 가시들이 나를 찌르더라도 이렇게 생각하자. '그래서? 그것이 나의 삶을 흔드는 건가? 나의 삶을 흔드는 건 나밖에 없지 않나?'라고.

한번 시도해 보자. 우리가 인생이라는 시합에서 누군가를 이기자고 경쟁하고 있는 건 아니지 않은가. 길이 하나뿐이고 결승점이 보이는 삶을 살아가는 것이 아닌데 스스로를 고정된 삶 속에서 힘들게 하고 있던 건 아닌가. 자신을 위해 성장하려는 목표를 가져야 한다. 어제보다 아주 조금은 더 나은 나를 만들어 가다 보면 인생에 수많은 길을 마주하게 되고 어떤 길이든 가 보면서 여러 세상의 삶의 방식을 배우고 익히며 더 단단해지면 될 일 아닌가.

인생의 끝에서 내가 나를 인정해 주는 것만큼 행복한 결말은 없다고 생각한다. 그러니 인정해 줄 수 있게 진짜 나를 다시 일으켜 주고 잠자는 나를 깨워 힘껏 뛰어올라 보자. 내 인생에서 내가 이렇게까지 열심히 살아본 적이 있던가 싶을 정도로 온 힘을 쏟아부어 후회 없는 삶을 지금이라도 살아가 보자. 무엇 하나 최선을 다하지 않았던 삶은 아쉽지 않은가. 혹 과거를 회상하며 '이때 정말 열심히 살았어', '이때 정말 최선을 다했어'라는 생각이 들었다면 이번에는 그 과거를 뛰어넘은 나를 한번 만들어 보자며 마음을 다잡아보는 것은 어떨까.

이제 타인의 삶을 동경하거나 외부 시선에 신경 쓰는 것을 그만두고, 스스로를 만족시키는 삶을 살아보자. 전혀 늦지 않았다. 우리는 모두 오늘을 사는 사람들이다. 오늘 하루에 최선을 다하고 후회 없는 시간을 보내다 보면 분명히 무언가가 달라질 것이다.

나는 요즘 들어 이런 생각을 한다. '5년 뒤의 나는 어떤 모습을 하고 있을까. 얼마나 더 대단한 내가 되어있을까.' 매 순간 최선을 다해 살 수는 없겠지만 후회 없는 삶을 살기 위해 노력하는 내 모습을 보면 흐뭇하고 미래의 나를 설레는 마음으로 기대하게 된다. 이것은 타인의 삶과 나의 삶을 비교하는 것을 잠시 내버려 두고 나에게 시선을 돌렸기 때문에 가능한 일이라 생각한다. 나의 행복과 나의 만족감은 무엇인가 하고 늘 되짚어 보고 마음을 들여다보기 때문에 흔들리지 않는 거라 믿는다.

포기하지 말자. 우리의 삶은 분명 더 나은 삶으로 바뀔 수 있다. 시도하자. 무엇이라도 해 보자. 해낼 수 있다. 원한다면 무엇이든 이뤄낼 수 있다. 내가 당신을 응원한다. 이제 내가 나를 응원해 주면 될 일이다. 당신의 삶이 당신을 응원한다.

해낼 수 있다.

내가 당신을 응원한다.

당신의 삶 또한 당신을 응원한다.

하는 일마다

잘되리라

행복하기를 바랍니다.

당신이 눈 뜨는 모든 날이
마냥 밝고 아름다울 수는 없겠지만
가끔씩 주저하기도 하고
가끔씩 방황하기도 하겠지만
때로는 아픔 속에 웃음이 피어나고
때로는 슬픔 속에 즐거움이 피어나
결국은 행복이라는 길을 찾기를 바랍니다.

하는 일마다 잘되기를 바랍니다.

우리의 모든 인생이
마냥 찬란하고 밝을 수는 없겠지만
간간이 어둠 속을 헤매고
간간이 바닥을 향하기도 하겠지만
어쩌다 무너지는 삶 속에 긍정을 찾고
어쩌다 쓰러지는 몇 날 중에 희망을 찾아
결국은 하는 모든 일에 빛이 비치길 바랍니다.

인생이란 게 그렇습니다.
삶이란 게 그렇습니다.

만만치 않은 세상이기에
녹록지 않은 나날이기에
행복을 찾고 잘되기를 바라는 거죠.

그럼에도 불구하고

매일 밝은 무지개가 떠오르기를

해맑은 웃음꽃이 피어나기를

행복하기를

하는 일마다 잘되기를

두 손 모아 빌겠습니다.

시선을 타인이 아닌
나에게로

서로 잘났다고 아우성치는 세상입니다. 스마트폰이 생겨난 이후 타인의 모습을 쉽게 접할 수 있는 게 시작이었을 겁니다. 나를 뽐내고 만족스러운 삶을 드러내는 것이 나쁘다고 할 수는 없지만, 내가 모르는 누군가의 삶까지 시스템에 갇혀 볼 수밖에 없는 상황이 되니 작은 것 하나도 부러움의 대상으로 삼고 서로를 비교하며 자기 자신을 자책하게 된 것 같습니다. 그리고 알게 모르게 타인으로 인해 무기력감을 느끼고 자존감을 스스로 낮춰버리기까지 하고 있습니다.

비교 대상 군이 너무 넓어진 탓이겠죠. 따라 할 수 없는 사람들과 비교하고, 거짓으로 치장된 사람들을 부러워하며, 서로를 속이는 게임 속에 들어와 있는 것 같은 느낌이 드는 것도 이 때문일 겁니다. 그러다 보니 스스로 만족할 줄 아는 삶이 아닌 모자란 삶을 살게 되고 스스로의 자율성을 잃어버리고 주체적인 삶이 아닌 타인을 따라 하는 삶을 사는 수동적인 삶이 되어가는 것 같습니다.

하지만 생각해 보세요. 우린 너무나 큰 사랑을 받고 큰 응원을 받은 고귀한 존재였습니다. 나의 어떤 모습이든 자랑스러워하는 사람들과 행복해하는 사람들에게 둘러싸여 살아왔습니다. 어린 시절 웃음 한 번으로 주위의 모든 사람을 웃게 했고 걸음마 한 번으로 세상 모든 응원을 받는 것처럼 기쁨의 박수를 들었을 것입니다. 아이는 2천 번을 넘어져야 걸음마를 배우는데 그것을 우리는 해낸 사람들입니다. 시작부터 대단했던 거죠.

누군가의 시선에도 상관없이 기쁘면 춤을 추고 슬프면 울며 스스로의 감정을 존중했던 자유롭던 시절을 누구나 거쳐 왔기에 우리는 남이 아닌 나 자신의 멋진 모습을 다시금 일깨워야 하는 것입니다.

자신의 가치를 존중하고 자유롭게 삶을 나아가는 것은 아주 중요합니다. 삶의 주체성을 타인에게 맡기는 게 아니라 내가 쥐고, 내가 좋아하는 삶으로 시선을 돌리는 거죠. 나라는 사람을 내가 아닌 다른 사람에게서나 다른 곳에서 찾지 마세요. 나에게서 찾고 나에게 집중하며 나 자신을 좋아하는 것부터 시작했으면 좋겠습니다. 수많은 시련과 아픔을 이겨내고 지금 이 자리에 서 있는 나 자신인데 대견해하고 자랑스러워해야 합니다.

그리고 스스로의 약점을 숨기지 말고 이런 내 모습 또한 괜찮다고 다독여 주세요. 빠르진 않았지만 꾸준하고 묵묵히 해 왔던 나 자신을 돌아보고 느리더라도 무언갈 이루고자 했던 나를 아껴 주세요. 우리는 모두 스스로 빛나는 존재임이 틀림없으니까요.

잊지 마세요. 당신은 당신 자체만으로 자랑이고 희망입니다. 존재 자체만으로 등불이며 빛입니다. 꿈을 꾸세요. 마음껏 기대하세요. 나는 대단한 사람이며 나답게 살아가는 것이 가장 멋진 삶이라는 것을요.

당신이 자랑이고,

당신이 희망입니다.

무엇이든

어느 것이든

우리는 살면서 너무
완벽한 것을 바라는지도 몰라요.

삶은 원하는 대로 이루어지지 않고
생각하는 대로 흘러가지도 않지요.
그러니 너무 잘하려고
힘주지 않았으면 좋겠어요.

마음껏 사랑도 하고
가고 싶은 곳도 가고

생각하는 대로 몸을 움직인다면

적어도 후회는 없을 테니까요.

몹시 어려운 도전일 수 있지만

잘하려고 애쓰기보다

하고 싶은 것에 집중하세요.

잘 사는 기준은 세상 어디에도 없어요.

내가 만족하고 즐거운 게 잘 사는 삶이에요.

나에게 마음을 쓰고 나에게 힘써 보세요.

당신의 작은 행동 하나가

일상을 행복으로 물들일 테니

무엇이든 해 보아요.

지금 일어나 길을 떠나요.

배우고 싶은 걸 배워요.

사랑한다 말해요.

어렵지 않아요.

지금 하면 돼요.

조건 없는

응원

하나의 조건도 없이, 무언가를 바라지 않은 채 온 마음을 다해 누군가를 지지하고 응원해 본 적이 있는가. 우리의 마음은 바다처럼 넓을 때도 있지만 작은 웅덩이 속 흙탕물처럼 편협하게 좁아질 때도 있다. 그렇기 때문에 지인의 응원과 격려가 때로는 왜곡되어 정말 나를 위한 말이 맞는지 의심하게 될 때도 종종 생긴다. 그래서 우리는 일면식도 없는 누군가의 응원이나 전혀 알지 못하는 매스컴의 여러 이야기의 성원 속에서 마음을 치유하고 용기를 얻는 것 같다.

앞의 이야기를 먼저 한 이유는 이 글을 읽고 있는 당신 또한 일면식도 없는 나를 통해 용기를 얻었으면 하는 바람이다. 평생을 살면서 우리는 만나지 못할 수도 있다. 각자의 삶이 어떤 삶인지 전혀 모른 채 한 생이 끝나버릴 확률이 매우 높다. 그렇다면 나는 온전히 당신을 응원할 수 있고 이 글을 읽고 있는 여러분 또한 조건 없이 응원받을 수 있지 않을까.

이 글을 쓰고 있는 나조차 베스트셀러 작가가 될 줄, 많은 이들이 글을 기다리며 응원해 주는 사람이 될 줄 몰랐으니까. 어릴 적 '너 작가 되면 좋을 것 같다'는 작은 응원을 잊은 채 살다, 불현듯 그 말이 떠올라 무언가를 시도했던 경험이 있다. 이렇게 누군가의 조건 없는 응원은 삶을 바꾸게도 한다.

당신은 무엇이든 해낼 수 있는 사람이다. 시작해 보자. 그리고 시작했다면 포기하지 말자. 늦었다고 생각할 수도 있고 시작하기에는 용기가 없다고 단념할 수 있다. 하지만 모든 것은 나 하기 달린 일이 아닌가. 어떤 상황이든 무엇이든 시작할 수 있다는 달콤한 말을 하고 싶지는 않다. 지금 할 수 있는 것을 찾으라는 말이다. 인생에는 정답이 없고 해답만 있는 것처럼 나를 위한 방법을 고민하고 나만의 답을 찾아 나가야 한다. 그리고 그 해답은 분명 당신을 찾을 것이라 일말의 의심도 하지 않는다. 당신은 할 수 있는 사람이니까. 하는 일마다 잘될 사람이니까.

그리고 언젠가 흐뭇하게 나를 생각해 주면 좋겠다. 일면식도 없는 어떤 작가의 글로 인해 무언가를 시작해 보았다고. 그리고 환한 웃음을 지으며 언젠가 나와 마주하게 되는 날에 고맙다고 말해 주는 날이 오기를 무척이나 기대한다.

* *

혹여나 고난이 오더라도 툭툭 털고 일어나
다시 시작할 수 있는 당신이기에,

가끔씩 지쳐 흔들리는 순간이 생기더라도
별거 아니라고 마음을 다잡을 수 있는 당신이기에,

때때로 불가능한 상황이 생기더라도 포기하지 않고

또 다른 길을 찾을 당신이기에,

틀림없이 당신은, 멋진 당신이 될 것이다.

당신 스스로를 좋아하게 될 것이다.

당신은 행복해질 것이다.

밝은 눈을

가지길 바라

우리는 주위를 세심하게 살피기보다 저마다 보고 싶은 것만 보고 살아. 보고 싶은 것만 보며 살기에도 바쁘니까. 하지만 그럴수록 세상이 작게 보이고 부족해 보일 수밖에 없어. 이 넓은 세상을 내 좁은 시야에 가두는 건 너무 안타까운 일이야.

바다에 사는 사람들은 바다가 잘 보이지 않는다고 해. 늘 바다가 곁에 있기 때문일 거야. 하지만 무심코 바라본 바다 너머 수평선에 보름달이 뜬다면 어떨까. 늘 해가 뜬다고 생각했던 바다에 보름달이 떠 있다면 바다의 또 다른 매력에 눈을 뜨게 되겠지. 내 눈에 비친 세상이 전부가 아니었던 거야.

보고 싶은 것만 보고 살기에 세상에는 너무 많은 것이 숨겨져 있어. 다양한 것을 느끼고 살 수 있는데 그러지 못하는 게 아쉬워. 우리는 많은 것을 지나치고 살아. 우리가 알지 못하는 것들에 눈을 돌리면 그제야 아름다움이 선명해지지.

물론 우리가 사는 세상이 늘 밝은 것만은 아니야. 충격과 분노에 휩싸일 만한 문제들이 난무하지. 그래서 많은 사람이 포기하기도 하고 낙담하며 비관적인 시선으로 세상을 바라보는 것도 이해해. 아무 일도 일어나지 않는다고 단정 짓고 사는 게 편하니까. 하지만 그렇게 단정 짓는 건 너무 슬프잖아. 세상이 어렵고 힘든 것만은 아니잖아.

나쁜 쪽만 바라보고 있기에 점점 더 최악의 상황으로 치닫는 건 아닐까. 쉽지 않겠지만 내 삶의 방향을 빛나는 방향으로 돌릴 필요가 있어. 세상이 내가 보는 것에 따라 달라진다는 말은 틀린 말이 아니야. 같은 문제도 어떻게 바라보느냐에 따라 결과가 달라져.

분명한 건 세상은

네가 보고 싶어 하는 것을 보여 준다는 거야.

세상은 우리가 보려는 것만 보여 줘.

그러니 빛나는 방향으로 눈을 돌려야 해.

세상을 넓게 바라보아야 해.

나는 네가

밝은 눈을 가지길 바라.

그 모습 그대로

충분합니다

인생이 늘 고요하지만은 않습니다. 평온했던 삶이라는 웅덩이에 늘 돌덩이는 던져지고 수많은 파동이 우리를 힘들게 만들죠. 그 누구의 돌덩이인지는 알 수 없지만 그 파장으로 평정심을 유지하기가 힘든 게 사실입니다. 일상에서 일어나는 다양한 일에 마음을 다잡고 편히 넘어가면 좋으련만 그러기도 쉽지가 않죠.

사회는 쉽게 우리에게 높은 기준을 제시합니다. 잘해야 하고 무언가를 꼭 이뤄내야 하는 사람이 되어야 한다고 이야기하죠. 특별하거나 성취를 이뤄내지 않으면 패배자로 취급

하고 낙오자로 치부해 버리는 세상을 살아가기가 쉽지는 않습니다.

하지만 생각해 보세요. 언제부터 우리의 기준을 누군가가 정해 준 것에 맞춰 살았었나요. 나만의 길을 가는 것에 박수를 받아야 마땅한데 왜 재산의 크기나 성공 여부가 삶의 행복도를 측정하는 기준이 되었을까요.

혹시 얀테의 법칙이라고 들어본 적이 있으실까요. 북유럽의 평등주의 성격을 나타내는 예시 중 하나입니다. 요즘 우리의 시대는 개인주의와 우월주의가 팽배한데 그것을 부정적으로 보는 사회적 태도를 담고 있습니다. 10가지 규칙으로 이루어진 얀테의 법칙은 지금의 우리에게 많은 시사점을 제시합니다.

1. 당신이 특별하다고 생각하지 마라.
2. 당신이 남들보다 좋은 사람이라고 생각하지 마라.
3. 당신이 남들보다 똑똑하다고 생각하지 마라.

4. 당신이 남들보다 낫다고 생각하지 마라.

5. 당신이 남들보다 많이 안다고 생각하지 마라.

6. 당신이 남들보다 중요하다고 생각하지 마라.

7. 당신이 모든 일을 잘한다고 생각하지 마라.

8. 남들을 비웃지 마라.

9. 누군가 당신을 걱정하리라 생각하지 마라.

10. 남들에게 무엇이든 가르칠 수 있으리라 생각하지 마라.

위의 생활 규범을 읽어보면 사회적으로 성공했거나 명예를 얻는 것이 중요한 게 아니라, 평범한 삶이 우리를 어우러지게 만들고 평온하게 만든다는 하나의 메시지가 담겨 있는 것 같다는 생각이 들었습니다. 바로 겸손의 자세이죠. 요즘 우리가 무엇을 쫓아가고 있는지 생각해 볼 만한 대목이기도 한 것 같습니다.

따지고 보면 평범한 것이 가장 어려운 것이란 생각이 들 때가 있습니다. 그 평범함이 마음을 평온하게 만들기도 하는데, 내가 누구보다 뛰어나야 한다는 강박관념에 사로잡혀 스스로 자존감을 떨어트리기도 하고 무언가를 성취하지 못해 좌절감을 느껴 평범했던 본인의 삶을 스스로 깎아내려 무너지게 만드는 모습을 이제는 잠시 내려두고 지금이라도 충분히 괜찮다고, 평범한 삶이야말로 나를 지탱해 주는 큰 버팀목이라는 것을 깨달았으면 좋겠습니다.

당신 그 모습
그대로 충분합니다.

아무나 되는 게 어때서

시대는 다양한 이야기를 길러낸다. 그 이야기 중에 늘 화두로 던져지는 것은 '꿈'이다. 아이들에게는 장래 희망, 어른들에게는 직업으로 표현되기도 하는 꿈. 한번은, 명절 때 가족들이 모인 장소에서 초등학생인 조카에게 질문한 적이 있었다. 커서 뭐가 되고 싶냐고. 늘 나올 법한 답변을 예상했지만 조카는 의외의 대답을 했다.

"아무나요. 아무나가 될 거예요."

이 말을 들은 주위 어른들은 당황했다. 아무나 되고 싶다니.

판사, 의사, 연예인 같은 초등학생 사이의 인기 직업이 아니라 '아무나'라는 대답에 누구 하나 바로 맞장구치지 못했다. 약간의 정적이 흐른 뒤, "그래, 하고 싶은 게 많은 나이니까"라고 대충 얼버무리고 모두 각자 이야기 속으로 들어가 버렸다.

조카의 대답이 인상 깊었던 나는 따로 조카를 불러서 아무나 되고 싶다는 의미에 대해 물었다. 조카는 별 뜻 없었다고, 얼마 전 텔레비전에서 이효리가 했던 이야기라고 말했다. 텔레비전과 연예인의 파급력이 대단하구나, 라는 생각을 하면서 어떤 의미와 맥락에서 아무나 되라고 말했을지 궁금해 방송을 찾아보았다.

〈한끼줍쇼〉라는 프로그램이었다. 패널들이 동네를 지나가다 초등학생을 보고 말을 건네던 중 강호동이 물었다. 커서 어떤 사람이 되고 싶냐고. 그때 이경규가 "훌륭한 사람이 되어야지"라고 말하자 이효리는 이야기한다.

"뭘 훌륭한 사람이 돼. 그냥 아무나 돼!"

특별할 것 없어 보이는 대화 같지만 나에게도 큰 울림으로 다가왔다. '훌륭한 사람'이라는 내 나름의 기준이 있어서 더 그랬을지도 모르겠다.

훌륭한 사람이 되라고 강요하는 사회, 대기업에 입사해서 테헤란로를 활보하는 미래를 꿈꾸는 사람들, 하고 싶은 일들이 소박하면 그저 그런 사람으로 분류하는 시선들, 언제부터 우리는 스펙이 좋은 '훌륭한 사람'을 욕망하고 꿈꾸었을까.

아무나 되어도 괜찮다고 이야기하는 세상이 되길 바란다. 연봉이나 사회적 지위로 사람을 평가하는 세상이 아니라 하루를 잘 살아내는 모두가 괜찮은 사람으로 인정받는 세상. 오늘 점심에는 돼지불고기 백반을 먹었다는 이야기에 "우아, 맛있는 거 먹었네. 오늘 하루 잘 살았네"라고 말할 수 있는 세상 말이다.

아무 생각 없이 살아야 한다고 말하는 것이 아니다. 의미 있는 무언가를 함께 나눌 수 있는 사람이 있고, 힘겹더라도 자

기가 하고 싶은 일을 해내며 소신껏 목소리 낼 수 있는 나날
이 이어지는 삶, 그것이 멋진 삶 아닐까.

꼭 무엇이 되지 않더라도 괜찮은 나날 속에서 자신의 색을 잃
지 않고 걸어가는 모두가 이효리가 말한 '아무나'가 아닐까.

＊ ＊

세상에 수많은 누군가가 존재하는데
꼭 누군가가 정해 놓은 잣대에 맞추어야 할까?
수만 가지의 '아무나'가 되어
각자 특별한 일상에서 행복하게 살면 된다.

아무나 되는 세상을 꿈꾸자.
아무나 되는 게 뭐 어떠냐고 되물으며.

힘든 시대의

단상

사회생활을 시작하고 나이가 들어감에 따라 다양한 일들을 접합니다. 다양한 직군의 사람들도 만나기도 합니다. 그럴 때 늘 나오는 이야기들이 있었습니다. 지금이 가장 힘든 시기다, 단군 이래로 힘들지 않은 시대는 없었다는 우스갯소리 말입니다.

물론 사회적 직군을 떠나서 일상에서도 많은 사람이 자신이 사는 시대가 가장 힘든 시대라고 푸념하는 소리를 여기저기서 들을 수 있습니다. 역사에도 그렇게 기록되어 있으니 분명 틀린 말은 아닐 겁니다. 취업시장이건 육아 환경이건 노후 준

비건 10년 전보다 지금이 훨씬 힘들고, 20년 전보다 10년 전이 훨씬 힘들었다고 이야기하는데 어느 정도는 사실일 수도 있고 공감이 가는 대목이니까요.

그렇지만 '가장 힘든 시대는 존재할까'라는 생각을 해 봅니다. 가장 힘든 시대라는 이야기는 일종의 변명으로, 자책하고 스스로 기회를 차버린 사람들을 자기 합리화시키는 나쁜 습관이지 않을까 되짚어 보게 되는 겁니다. 어느 때건 지난 시대보다 불편해진 것이 있는 한편, 편해진 것도 있으니 말입니다.

사회적 성취를 떠나서 우리가 살던 세상을 돌아보면 불편한 조건에서도 행복한 사람들이 있었고 편한 조건에서도 불행한 사람들이 있었습니다. 휴대폰이 없던 시절에는 누군가를 한없이 기다리는 낭만이 있었고, 문자가 없던 시절에는 만나서 서로 이야기할 수 있다는 설렘이 있었을 겁니다. 컴퓨터 게임이 없던 시절에는 함께 모여 게임을 즐길 수 있는 기쁨이 있었고, 아파트가 생기기 전에는 이웃사촌이라는 이름으로 정겨움과 나눔의 미학이 있었겠죠. 반면에 스마트폰이 생기며 비교하기 쉬운 세상이 되었고, 평범함의 기준이 없어져 불행함을 느끼는 사람은 예전보다 훨씬 많아졌습니다. 인터넷상의 대화로 한국의 정이 조금씩 퇴색되어 가는 슬픔을 우리는 마주하게 되었습니다.

돌아보면, 가장 힘든 시대라 여기는 지금 이 순간에도 누군가는 가장 힘든 시대라 푸념하기보다는 기회를 잡고자 노력하고 있습니다. 푸념으로 그치지 않고 가장 좋은 시대를 찾고 만들어 내는 사람들도 있습니다. 어느 때건 지난 시대보다 불편하고 힘든 것이 있는 반면에 편안해지고 발전하는 것도 있으니 그런 기회를 노리는 거죠.

우리는 긍정적인 사고를 가져야 합니다. 이 시대가 힘든 시대인지 아닌지를 따지는 일은 중요하지 않습니다. 지난 시대와 지금 시대를 비교해 본들 지금의 내 삶이 나아지거나 달라지지 않다는 걸 인정하고 지금 시대에서 충분히 누릴 수 있는 것과 취할 수 있는 것들에 집중하는 자세를 가져야 합니다. 시대와 상관없이 자신이 있는 시대에도 분명히 나를 위한 행복이 존재할 테니까요. 그렇기에 이 시대에서 행복하게 살아 가고자 하는 노력, 좀 더 밝은 시대로 만들어 가려는 노력이 무엇보다 중요합니다. 주어진 환경을 인정하고 무엇이 나를 행복하게 만들 수 있는지, 어떤 행동이 사회적인 밝은 시대를 만들어 가는지 생각해 보는 거죠.

대체로 긍정적인 사람이 행복함을 느끼는 경우를 많이 보았 습니다. 선량한 마음으로 서로에게 좋은 영향을 주는 사람 이 기운이 넘쳤습니다. 지금의 삶이 힘들고 어렵더라도, 함께 살기 위해 노력하고 선한 영향을 주는 사람들이 결국에는 성 장하고 행복했습니다.

힘들다고 말하는 시대일수록 서로를 위하고 챙기며 다독이 는 따뜻함이 필요한 시대입니다. 우리의 삶을 따뜻하고 긍정 적인 언어로 채워 풍요롭게 만들면 좋겠습니다. 다정함과 따 뜻함의 언어들, 격려와 응원의 단어들, 배려와 겸손의 마음들 로 스스로 감사하고 희망찬 삶을 살아가면 좋겠습니다.

제자리를
지킨다는 것

망망대해에 전혀 어울리지 않는 섬 하나가 떠 있다. 그 섬은 나와 닮았다. "외로운 섬 하나 새들의 고향"이라는 노래 가사처럼 외로움을 상징하는 섬. 하지만 그 섬, 혹시 스스로 외로워지기를 선택한 건 아닐까.

그런 날이 있다. 외로운 섬처럼 한없이 우울하고 싶은 날, 스스로를 외로움의 끝으로 몰아넣어 어디 하나 기댈 곳 없는 날, 그런 날은 아주 사소한 일들에서 비롯된다.

버스 안에서 들려오는 노래 가사에 매료되어 그리운 누군가를 떠올리거나 삼삼오오 떠들며 지나가는 군중 사이를 혼자 걷는 내 모습을 발견할 때, 잘 지내는 친구들 사이에서도 문득 소외당한 느낌을 받거나 평소에는 문제없던 일들이 잘 풀리지 않을 때처럼 예상치 못한 순간, 이유도 모른 채 피어나는 외로움이기에 누구에게 털어놓지도 위로받을 수도 없는 날.

그런 날이면 우울함을 벗 삼아 혼자만의 시간을 갖는다. 이 시간은 때로 삶의 단비가 된다. 너무 많은 관계가 버거워서, 먹고살기 위해 짊어진 짐이 무거워서 가만히 멈추고 싶은 순간이 필요한 것이리라.

그러고 보면 섬은 늘 제자리였다. 사람이 세상에 태어나서 살다가 죽는 인생의 시간보다 훨씬 더 오래도록 한자리에서 버텨 왔다. 한결같이 그 자리를 지켰던 섬은 자유롭게 떠다니는 구름이나 날씨에 따라 수만 가지 표정을 짓는 바다가 부러웠을지도 모른다. 그렇지만 섬은 스스로를 지켰다. 혼자만의 외로움을 즐기면서도 다가오는 바람과 바다에 자신을 내어 주면서.

자신의 자리를 지키는 일,

있는 그대로 나의 감정을 받아들이며

내 자리를 지키는 일은 중요하다.

외로움으로 인해

또 다른 무언가를 얻을 수도 있고

우울한 내 모습을 보며

새로운 날을 계획할 수도 있으니까.

다만, 너무 외롭지 말기를

스스로 대견해하기를.

버티고 서 있는 것만으로도

삶을 잘 살아가고 있는 것이기에.

귀하고 빛나는

우리 인생

모든 것은 마음먹기에 달렸다는 말은 흔하게 듣는 말이죠. 마음만 안 먹었을 뿐이지 마음만 먹으면 누구나 무언가를 성취할 수 있고 이뤄낼 수 있다는 사실 또한 모두 알고 있는 말입니다. 하지만 그게 쉬운가요. 어려우니 그런 말이 생기지 않았을까요.

저 또한 마음가짐을 매번 단단하게 하기 힘들다는 건 알고 있습니다. 마음먹은 대로만 살 수 있는 사람이 얼마나 될까요. 대부분은 본인이 생각한 대로 살아가지 않는 게 현실이기 때문입니다. 하지만 일부는 마음먹은 것을 실천하고 노력하고 있다는 사실 또한 알고 있습니다.

저도 예전에는 수없이 많은 마음을 먹은 것 같아요. 마음먹은 대로 행동하고 실천했다면 아마 삶이 조금은 더 윤택해지고 지금과는 또 다른 경험과 삶을 느꼈을지도 모르겠지요. 하지만 지금은 저의 삶에 만족하려고 노력하고 있습니다. 마음먹기를 잘하기 위해 또 다른 방법을 생각해 보았기 때문입니다.

마음먹기가 힘들다면 그전에 마음을 먹으려던 것에 대해 고민해 보세요. 내 삶에 대해 궁금해하고 질문하는 거죠. 공부해야 하는데, 마음만 먹으면 되는데 전에, 만약 내가 공부를 하루에 한 시간씩 한 달 동안 한다면 무엇이 달라져 있을까.

영어 공부를 예로 들면, 호텔과 음식점에서 원활한 소통을 위한 것이라면 해외여행을 가서 주눅 들지 않고 어려움 없이 대화할 수 있는 나를 상상하는 겁니다. 그러면 공부를 하는 것에 더욱 의미를 담기보다 내 삶의 가치와 나의 모습에 조금 더 중요한 가치를 담게 되는 거죠. 그러고는 다시 한번 마음을 다잡는 겁니다.

영어 공부뿐일까요. 운동도 그렇겠죠. 멋진 모습을 기대하는 것도 좋지만 한 번뿐인 인생인데 건강하고 오래 살면서 하고 싶은 것을 하는 데 무리 없는 멋진 노년의 모습을 떠올려 보는 것도 좋습니다. 공부해야 하는데, 운동해야 하는데, 마음먹어야 하는데 하는 일차원적인 생각이 아닌 미래에 그려질 나의 모습을 열심히 고민하고 그 모습이 되기 위한 노력을 조금 더 해 보는 거죠.

모두가 알고 있습니다. 인생이란 시간은 모두에게 똑같이 흐르고 그 누구도 늘리거나 줄일 수 없다는 사실을요. 그렇기 때문에 우리의 인생은 귀하고 가치가 있는 겁니다. 해야 하는데 마음먹어야 하는데 하며 미루고 늦추는 시간이 모여 삶을 후회로 만들기보다 작고 사소한 실천들이 모여 나를 성장하게 하고 지혜로운 삶을 영위할 수 있도록 해 주면 얼마나 좋을까요.

내 인생은 귀하다고 사랑스럽다고 여겨졌으면 좋겠습니다. 작은 실천을 달성해 가며 스스로 만족하는 삶을 사셨으면 좋겠습니다. 그리하여 결국은 자기 자신을 사랑할 줄 아는 사람이 될 거라고 믿습니다. 하는 일마다 잘되는 사람이 되길 희망합니다. 사랑이 가득하고 한 번뿐인 인생이 찬란하게 빛나게 될 거라고 생각합니다. 그리고 결국에는 인생을 즐길 수 있는 여유로움도 생길 거라는 것을 믿어 의심치 않습니다.

당신의 한 번뿐인 귀한 인생이

찬란하게 빛나기를.

저마다의
세상이 있다

당신이 바라보는 세상은 어떤 세상인가. 지금 내가 바라보는 세상과 얼마나 다른가. 세상을 보는 시각은 모두 다를 것이다. 스물일곱 살이 보는 세상과 서른일곱 살이 보는 세상, 마흔일곱 살이 보는 세상이 같을 수는 없다. 각자의 세상에서 각자의 시각으로 세상을 바라볼 수밖에 없다.

언제였는지 정확히 기억나지 않지만 사촌동생과 이런저런 이야기를 하던 중, 세상이 이렇게 힘든 줄 몰랐다는 사촌동생의 말을 들었다. 당시 사촌동생은 중학생이었다.

나는 의아했다. 고작 중학생이 살아가는 게 힘들다고? 앞으로 더 치열한 세상이 눈앞에 펼쳐질 테고 세상이 생각대로 되지 않는다는 사실도 마주하게 될 텐데, 벌써부터 살기 힘들다니…… 뭘 그리 심오한 걱정을 벌써 하냐며, 더 즐거운 일들이 앞으로 많을 거라는 뻔한 말로 대화를 마무리 지었다.

그리고 꽤 오랜 시간이 흘러 어느 모임에서 사촌동생과 똑같은 이야기를 하고 있는 나를 발견했다. 세상살이가 참 힘들다고, 왜 이렇게 힘드냐고. 그때 모임에서 나이가 꽤 있는 지인이 말했다. 아직 젊은 나이인데 그런 소리 말라고, 더 힘든 시기가 있을 거라고…… 그 말을 듣고 예전 사촌동생이 떠올랐다. 그리고 깨달았다.

중학생의 삶이든 대학생의 삶이든
나이 지긋한 어른의 삶이든
각자의 시각에서 세상을 본다는 것을.
모두 나름대로의 세상에서 힘들어하고 있다는 것을.

그랬다. 그들 모두 나름대로 각자의 세상을 바라보며 살아가는 것이다. 함부로 누군가의 삶을 판단할 수 없다. 각자가 바라보는 세상이 모두 다르기에 살아가는 환경이 다르기에 함부로 이야기할 수 없다.

그때 나는 사촌동생에게 이렇게 이야기했어야 했다.

"네가 바라보는 세상을 감히 가늠할 수 없지만,

너는 분명 너의 삶을 잘 살아갈 거야.

힘든 시간을 잘 이겨내고

네가 원하는 삶을 살게 될 거야."

이제

행복해지기로 해요

고생했어요.

많이 힘들었죠.

누구 하나 당신 마음 같지 않고

누구 하나 이해하려 들지 않으니

무거운 가슴 안고 살아왔을 거예요.

한두 번이 아니었을 거예요.

셀 수 없는 아픈 말들과

생각지도 못한 어려움,

가늠할 수 없는 깊은 상처로 아팠겠죠.

당신의 마음을 다 안다고 말하지 않을게요.

나도 당신 마음과 같다는 말로 위로하지 않을 거예요.

그저 지금보다 더 괜찮아지기를 바랄게요.

당신이 조금 더 행복해지기를 바랄게요.

당신은 웃음이 예쁜 사람이니

여리지만 건강한 사람이니

착하지만 강한 사람이니

우리, 행복해지는 연습을 해요.

아름다운 사람이 되려는 노력을 해요.

인생이란 게 하루도 마음 편한 날이 없다는 걸 안다. 평온하고 안락한 날이면 앞으로 계속 이런 날이 지속될 수 있을지 걱정되고, 하루가 편치 않은 날에는 내일 걱정에 전전긍긍한다. 하루도 이렇게 쉽지 않은데 길고 긴 삶은 어떤가. 동화작가 안데르센의 『모래 언덕에서 전해 온 이야기』에는 이런 구절이 있다.

"바다는 마치 하나의 커다란 책처럼

날마다 새로운 것을 펼쳐 보였다.

잔잔한 바람, 격렬한 폭풍우, 폭풍 뒤에 굽이치는 물결 등

바다는 하루도 같은 날이 없었다."

하루도 같은 날이 없는 바다는 우리의 인생을 닮았다. 잔잔한 바람이 불 듯 평화로운 나날이 있는가 하면, 격한 폭풍우가 휘몰아치는 나날들, 계절에 따라 형형색색 변하는 물의 빛깔처럼 바다는 다양한 하루하루로 채워진 우리의 인생과 닮았다.

안데르센은 바다를 '새로운 것'이라 표현한다. '새로운 것'이라는 표현은 긍정과 설렘을 내포한다. 아마도 안데르센은 단 하루도 반복되지 않고 격변하는 인생이지만, 늘 '새로운 날'이니 긍정적으로 나아가길 바랐던 게 아닐까. 작가는 우리가 인생을 늘 새롭게 바라보고 느끼기를 바랐던 것이리라.

안데르센의 구절처럼 오늘은 힘들었어도 내일은 새로운 날

이라는 걸 기억하며 긍정의 힘을 얻었으면 좋겠다. 행복이 그저 주어지는 것이 아니라는 걸 안다. 행복해지려면 노력이 필요하다는 것도 안다.

하지만 작은 행복도 사치라고 말하기보다, 하루살이가 버거워 내일이 없는 듯 힘들어하기보다, 행복해지는 연습을 하면 좋겠다. 아름다운 나날을 보내려 노력하면 좋겠다.

지금 당신이 행복하다면 더 행복해졌으면 좋겠고,
행복하지 않다면 지금보다 더 나아지길 바란다.

당신이 행복해지기를

온 마음 다해 빌어본다.

지금보다 더 괜찮아지기를.

이제 우리, 행복해져요.

찬란하기를

'찬란하다'는 표현이 좋다. 찬란하다는 말은 부정적인 단어와 섞이기 힘들다. 운영하는 작은 서점에서는 손님들에게 책과 함께 카드를 드리고 있다. 크게 바쁜 일이 없다면 정성을 담아 카드에 직접 글을 쓰려고 노력한다. 그 글에 '찬란하다'라는 표현을 자주 쓰고 싶다. 그래서 그들의 하루가 특별할 수 있도록.

하지만 일상에서 찬란하다는 말을 쓰기는 쉽지 않다. 이 표현을 삶이나 인생에 빗대어 함께 쓰기에는 어쩌면 적합하지 않을지도 모른다. 그럼에도 불구하고 '찬란하다'라는 표현을

굳이 쓰려는 이유는 오늘의 세상을 살고 있는 당신에게 꼭
필요한 말이기 때문이다.

짧게 쓰는 메시지라도 찬란하다는 말을 넣으면 행복해진다.
내 삶이 찬란하게 빛나지 않더라도 같은 공간에서 함께한 이
들의 삶은 찬란하길 바란다. 그 찬란한 빛이 주위의 다른 이
들의 삶도 찬란하게 비추어 주길 바란다.

* *

앞으로 걸어갈 당신의 인생길이
아름답고 찬란하길 빕니다.
그리고 행복도 함께하길 빕니다.

밝은 무지개가 뜨기를 빕니다.
오늘은 맑음
당신의 인생도 맑음
찬란한 삶이 함께하기에.

당신은 참 좋은 사람

아름답고 행복한 사람

당신의 인생이 찬란하기를.

아물며

살아가는 것

삶이 갈기갈기 찢어지는 느낌을 받는 건 나뿐만이 아니리라. 다들 저마다의 상처가 존재한다. 삶이 찢어져 너덜너덜해지는 순간이 온다. 스스로 치유할 수 없는 순간이다. 시간이 해결해 주지 않는다. 고꾸라지고 바닥에 널브러져 일어날 수 없는 처참한 상태다.

그럴 땐 아무것도 하지 않는다고 자연 치유되지 않는다. 상처를 어루만져 주고 찢어진 삶을 이어 줄 위안이 필요하다. 전혀 생각지도 못한 누군가의 안부에서 위안을 얻을 때도 있고, 늘 한결같이 내 곁에 있는 이의 한마디로 상처가 메워지기도 한다.

지칠 대로 지친 몸을 이끌고 지하철을 탔다. 늘 그렇듯 지하
철은 만원 상태. 나는 손잡이 하나에 위태위태한 내 몸을 맡
겼다. 언제쯤 이 지긋지긋한 순간이 끝나는 걸까. 생각했던
대로 되는 일이란 게 있기는 한 건지.

한숨을 길게 내뱉으며 두 손을 손잡이에 대고 온몸을 맡기
고 있던 그때, 이상하리만큼 작은 목소리로 대화를 나누는
노부부의 목소리가 들렸다. 할머니가 말씀하시길

"여보, 몸이 이렇게 안 좋아 어쩌오.
내가 대신 아파 줄 수도 없고……."

두 손을 꼭 잡고 있던 할아버지가
미소 지으며 말을 건넸다.

"아픈 게 한두 번인가, 삶이 아픔이지.

그래도 그 아픔,

당신이 어루만져 주니 아물며 살아가는 거요."

삶이 아픔이라는 말에 놀라고

이어지는 뒷말에 가슴이 뜨거워졌다.

'누군가로 인해 아물며 살아간다'는 것.

그래, 우리는 그렇게 살아가나 보다.

당신은

충분히 위대하다

나를 애정하며 살아가고 있는가.

남을 부러워하고 비교하며

스스로를 불행하다고 느끼고 있지는 않은가.

자신을 탓하며 삶의 빈곤을 논하는 것은

그야말로 시간을 낭비하는 일이다.

스스로를 판단하고 평가하는 기준은

남이 아닌 오직 나에게 있다.

내 삶을 타인의 삶과 비교하지 말아야 한다.

괜한 비교로 본연의 모습을 잃지 말아야 한다.
헛된 생각에 사로잡혀 스스로를
불행으로 몰아넣지 말아야 한다.

당신은 스스로 충분히 위대하다.
세상에 자신의 향기를 내뿜으며 아름다워야 할 사람이다.
타인을 기준 삼을 것이 아니라
당신의 존재가 행복의 기준이 되어야 한다.

나 자신을 애정하며 살아가라.

치열하게 살아가는 사람들을 자주 본다. 온 마음을 다해 아이를 키우는 세상의 모든 어머니가 그렇고, 끝이 보이지 않는 업무를 처리하며 퇴근을 꿈꾸는 회사원들도 그렇다. 또, 시장에서 물건 하나라도 더 팔고자 지나가는 이들의 시선을 끌기 위해 화려한 언변을 늘어놓는 상인도 그렇다.

안타깝게도 이렇게 살다 보면 스스로를 돌보는 일에 집중하기 어렵다. 가족을 위해, 자식을 위해, 회사를 위해 소용돌이 치는 격변의 하루에 몸을 맡기고 난 후, 그 속에서 빠져나오면 아무것도 남지 않는 무無의 존재가 되어 버리는 기분.

다들 열심히 살아야 한다고 말하는데 허무맹랑한 소리다. 이 시대를 살아가는 대부분은 세상의 무자비한 채찍질을 버티기도 힘들다. 꿋꿋하게 버티기도 버겁다. 세상은 날 선 시선으로 또 다른 채찍을 휘두르려고 기회를 엿보고 있는데 나를 향해 채찍질하라니, 참 온정 없는 이야기이다.

스스로를 헤아릴 시간도 턱없이 부족한데 나 자신까지 공격할 필요는 없다. 부드럽게 아픈 곳을 덮어 주고 상처를 아물게 하는 온정이 필요하다. 내 모습을 바라보며 마음을 어루만지는 것도⋯⋯.

당신은 충분히 위대하다.

스스로를 애정하며 살아가기를.

작은 온기를

건네다

어쭙잖은 위로가 넘쳐나는 세상에서 우리는 살아가고 있다. 위로뿐만이 아니다. 마음에는 없는 격려의 말들, 희망의 말들이 난무한다.

진심이 담기지 않은 말로는 어떠한 위로도, 마음의 안식도 얻을 수 없다. 괜찮아질 거라는 말은 속이 텅 비어 있고 힘내라는 말은 이미 제 역할을 상실했다. 온화하고 따뜻하며 마음의 균형을 이루는 말은 찾아보기 힘들다. 사람 사이에 오고 가는 위로는 이미 눅눅해져 찝찝하기까지 하다. 무조건 반사식의 위로는 도움이 되기보다 오히려 받는 사람에게 폭력이 될 때가 있다.

우리는 섣불리 위로의 말을 상대에게 건네서는 안 된다. 상대의 아픔은 눈이 아닌 가슴으로 느껴야 한다. 가슴은 스스로 속이기를 불편해하며 왜곡하려 들지 않는다. 괜찮다고, 조금 있으면 나아질 거라는 말도 좋지만 보듬어 주고 쓰다듬어 주는 게 더 필요하다.

상대가 원하는 건 듣기 좋은 말이 아니라 투박하지만 온기 있는 손으로 어루만져 주는 것이 아닐까. 가끔은 손끝으로 전해지는 작은 온기가 훨씬 상냥하게 다가온다.

지인들과 힘든 일상을 토로하던 어느 술자리에서 늘 밝던 친구가 그날따라 안색이 좋지 않았다. 평소에는 고민거리도 들어주고 나름의 대안도 마련해 주면서 분위기를 이끌던 친구였는데 무슨 일인지 아무 말이 없었다.

우리는 그에게 뭐가 그리 힘드냐며 괜찮아질 거라고, 힘내면 된다고 한마디씩 건네기 시작했다. 그는 쓴웃음을 지으며 술 잔을 비웠지만 좀처럼 표정이 나아지지 않았다. 따지고 보면 그가 어떤 일을 겪었는지 듣지 못했던 것 같다. 그저 괜찮아 질 거라는 말만 건네었으니 말이다.

그렇게 주제를 바꾸며 이야기하던 도중 느지막이 또 다른 친 구가 도착했다. 간단히 인사를 하고 술 한 잔을 따른 뒤 그늘 진 친구의 얼굴을 눈치채곤 우리에게 물었다.

"얘 무슨 일 있었냐?"

"몰라, 말을 안 하네. 세상 사는 거 다 힘들다고, 기운 좀 내라 고 말했는데도 저런다. 앞으로 좋은 일만 있을 거라고 힘을 쥐도 좀체 기분이 안 풀리나 봐."

그는 술 한 잔을 마시고 풀 죽은 친구를 그윽하게 바라보더 니 한마디 건넸다.

"이리 와, 안아 줄게."

친구는 아무 말 없이 그 친구에게 와락 안겼다. 그러고는 펑펑 울었다. 술기운 때문이었는지는 분명하지 않다. 하지만 우리가 위로의 말이라고 건넸던 숱하던 말보다 별말 없이 안아 주었던 게 위로가 된 것만은 분명했다.

＊ ＊

그저 손 한 번 잡아 주며 고개를 끄덕이는 것.
따뜻한 마음으로 상대를 안아 주는 것.
그렇게 아무 말 없이도 위로가 될 수 있다.
괜찮냐는 말 없이도 괜찮아질 수 있다.

우리에게 진짜 필요한 건
숱한 말보다 작은 온기가 아닐까.

우리에게 진짜 필요한 건

작은 온기일지도 모른다.

순간을

믿어요

행복의 종류에는 여러 가지가 있어요.

잠을 편히 잘 수 있는 하루도

감탄할 수 있는 하늘도

먹음직스러운 눈앞의 음식도

내 옆의 소중한 사람도

모두 다 크나큰 행복이지요.

둘러보면 차고 넘칠 만큼 행복이 가득한데

사소한 생각거리 때문에 행복을 놓치기도 하고

흘려보낼 때도 많아요.

오늘 하루의 행복을 방해하는 건

빛나는 지금 이 순간을 잡고 있는 과거예요.

과거를 과거에 두지 않고

지금 내 앞에 가져오는 거죠.

만약 흘러간 과거를 저 멀리 내 등 뒤에 둔다면

지금 내 앞에 펼쳐진 행복을

충분히 만끽할 수 있을 텐데,

그러지 못하는 게 안타까워요.

후회 또한 마찬가지죠.

과거를 후회하며 현재를 놓치는 것보다

후회 없이 하루를 살다 보면

인생이 충만해질 거예요.

지나간 과거와 불필요한 후회로

지금의 행복을 놓치지 말아요.

지나간 아픔과 상처는 잊고

과거는 과거일 뿐이라고,

이미 엎질러진 일은 잊어도 된다고,

그렇게 생각하며 살아요.

바로 옆의 행복을 놓치지 않도록.

그저 당신답게

사세요

세상은 타인이 세운 삶의 잣대에 내 삶을 맞추려고 든다. 그 잣대에서 조금이라도 벗어나면 내가 사는 방식이 틀렸다고 말한다.

이럴 때 우리가 가져야 할 자세는 겸허히 받아들이는 것이 아니다. 지금 내가 사는 방식도 멋진 삶으로 여기며 흔들리지 않아야 한다. 내 삶을 내가 알아서 잘 살아가고 있다는 자신감과 그것을 지켜나갈 용기가 필요하다.

그래야 조언이나 충고라는 이름으로 세상의 잣대를 들이미는 주위에 휩쓸리지 않고, '그런 삶도 있구나', '그렇게 생각할 수도 있구나'라며 여유롭게 받아넘길 수 있다.

우리에게는 당당함이 필요하다. 나만의 방식으로 살아가는 지금이 나에게는 가장 멋진 삶이고 최선의 삶이라는 자신감을 가져야 한다.

멋져 보이는 누군가의 삶에 흔들릴 필요 없다. 당신은 당신의 삶을 잘 살아가고 있다. 잘 사는 삶, 못 사는 삶을 가르는 기준 따위는 없다.

당신만 좋으면 된다.
당신만 행복하면 된다.

나는 나대로 살 거예요.

내가 원하는 대로 살 거예요.

당신 삶의 잣대를

나에게 대지 마세요.

내가 어떤 삶을 살든

당신과는 상관이 없어요.

잘 사는 삶과 못 사는 삶이란 없어요.

기준도 없고 법칙도 없고 정답도 없어요.

나는 나답게 살아가고 있어요.

나는 이런 나의 인생이 좋아요.

내 삶을 자신 있게 살 거예요.

최선을 다해 나를 위한 삶을 살 거예요.

당신은 당신 삶을 사세요.

나는 나의 삶을 살 테니.

chapter 2.

어떤 곳에 가더라도

편안하고,

인생의 주인이

되세요

꼭 자신이 하고 싶은 일을 해야 행복할까? 요즘에는 오히려 자신이 무엇을 하고 싶은지 모르겠다며 고통스러워하는 사람들을 자주 만난다. 나이가 많고 적음을 떠나 사회적 지위 여하를 떠나 모든 이가 겪는 일인 것 같다.

좋아하는 일을 한다고 해서 모두가 행복할 수 없고 좋아하지 않는 일을 한다고 해서 모두가 불행한 것은 아니다. 좋아하는 일로 사회적인 성공을 이룬다고 한들 그 좋아하는 일이 죽을 때까지 지속적일 보장도 없고 되려 좋았던 일이 싫어지기도 한다. 좋아하지 않는 일을 한다고 하더라도 그로 인해 주어지는 보상으로 가정의 행복을 느낄 수도 있고 하고 싶은 일을 할 수 있는 원동력이 되기도 한다.

외람되지만 오히려 하고 싶은 게 없는 건 축복일지도 모른다는 생각을 최근에 한다. 다르게 생각하면 무엇이든 시작할 수 있는 희망이 있다는 것이고 무얼 해도 만족할 수 있다는 긍정적인 신호로 받아들일 수 있다. 다만 원하는 것이 없다고 자책하기보다는 무엇을 할까 하며 희망적인 자세를 가지는 게 필요하다. 원하는 것을 하지 못하면 불행할 수 있지만 원하는 게 없다면 담담하게 나를 위한 무언가를 찾아 나서면 된다. 하고 싶은 게 있다면 하고, 없다면 그저 편안하게 주어진 일을 하면 된다. 삶에 지나친 의미를 부여해서 자신을 괴롭히지 말자.

내가 겪어온 삶에서는 누군가를 위한 삶이 아닌 나 자신을 위한 삶을 사는 사람들이 행복했다. 꼭 돈이 목적이기보단 자신이 좋아하는 것을 찾는 여정을 밟아간 사람들이 행복했다는 것이다. 물론 돈을 좋아한다고 하면 돈을 모으는 행동이나 많이 버는 직업이 행복할 수도 있으니 어떤 것이든 스스로가 몰입할 수 있고 집중할 수 있는 시간을 보낼 만한 대상을 찾는 것이 현명한 선택이었다.

스스로 만족하는 직업이나 일을 찾을 수는 없다면, 그 일에 가치를 부여해 보는 것은 어떨까 생각해 본다. 아무리 만족하지 않는 일이더라도 그곳에서 배울 점이 있고 경험이 쌓인다. 지금의 내가 되기까지는 쓸모없다고 느낀 경험과 배움이 분명 도움이 되었다고 느끼니까. 그러다 보면 좋아하는 일을 찾을 수도 있고 원하는 것이 바뀔 수도 있는 일이다. 다만 너무 오래 그곳에 매몰되지 말기를 바란다. 익숙해지는 것만큼 무서운 것은 없으니까.

＊ ＊

삶의 주인이 되길 바란다.
자신의 삶을 자책하며 스스로 비난하지 말고,
지금의 삶에서 노력하며 발전하는 삶을 살자.

세상의 경험을 발판 삼고

타인의 지식을 존중하며

겸손한 태도로 인생을 배우자.

내가 원하는 삶은 언제든 바뀌기 마련이고

내가 바라는 삶은 언제든 달라질 수 있기에

스스로의 삶에서 가치를 찾기를 바란다.

하고 싶은 것이 없어 찾는 과정의 삶을 살아가는 것이

하기 싫은 것을 하느라 인생의 시간을 허비하는 것보다 낫다.

인생은 짧다.

삶의 주인이 되어

주체적인 인생을 살길 바란다.

그럴 자격이 우리에게는 분명히 있다.

자신만의 길을 걷는다는 것

우리 인생은 한 덩이 찰흙인지도 몰라.

작품을 완성하기 위해

하루하루 정성을 다해 빚어 나가는 거지.

예쁘고 아름답게, 멋지고 사랑스럽게 말이야.

하지만 온전히

내가 만들고 싶은 모양으로 빚기 힘들 때도 있어.

남들이 예쁘다는 작품이 신경 쓰이기도 하고

내 작품이 초라할까 봐 불안하기도 하니까.

그래서 우리는 남의 시선을 지나치지 못하고
점점 세상이 원하고 좋아하는 작품을 따라 하며
내 고유의 색깔과 의미를 잃어버리곤 하지.

잊지 말아야 할 건
찰흙은 한 덩이뿐이라는 거야.

다른 사람들의 입맛에 맞춰 만들다 보면
처음에 내가 상상했던 작품은 만들 수 없어.
이미 남들이 원하는 모양으로 빚어진 찰흙은
딱딱하게 굳어 되돌릴 수 없으니까.

나를 위한 삶을 만들어 나가야 해.
이렇게도 만들고 저렇게도 만들어 보면서
내가 원하는 모습으로 빚어 가야 해.
그래야만 내 마음에 드는 작품이 완성될 수 있어.

TV에서 한 젊은 아티스트를 보았다. 집중해서 찰흙을 빚는 모습은 그야말로 내게 깊은 인상을 남기기에 충분했다. 생기 가득한 눈빛과 자연스러운 손놀림까지. 그는 찰흙을 빚는다 기보다 그의 혼을, 그의 인생을 빚어내는 것만 같았다.

그래서였을까. 완성된 작품은 다른 아티스트의 작품과는 달랐다. 단연 돋보였고 완벽해 보이기까지 했다. 완성 작품을 보며 환하게 웃는 그의 표정이 말해 주었다.

환희에 가득 찬 그는 지금의 작품을 완성하기까지 얼마나 많이 흔들렸을까. 동급생과 경쟁했을 거고 그를 가르쳤던 스승의 틀 속에 스스로를 가두기도 했을 것이다. 또 세상의 많은 거장의 작품을 보며 좌절했을 것이다. 하지만 그는 당당히 자신의 길을 걸었고, 자신만의 작품을 빚어 나갔다.

굳이 확인하지 않아도 알 수 있었다. 그는 수없이 많은 간섭 속에서도 무심히 그의 길을 걸었던 것이다. 나는 그에게 경의를 표한다.

수많은 간섭을 유유히 흘려보낸 뚝심에

꿋꿋하게 자신만의 길을 찾아 나갔던 담대함에

집중해야 할 때를 알고 흐트러지지 않았던 신중함에.

마음

근육

마음 근육이라는 말이 있습니다. 힘든 일을 겪다 보면 마음에도 근육이 생겨 어느 정도는 힘든 일들을 쉽게 넘길 수 있다는 말이죠. 처음에는 쉽지 않았던 일들을 경험하다 보면 그 경험들로 인해 어려운 역경들을 이겨내게 되는 거죠. 물론 나쁜 경험들로 마음 근육이 생기는 일이 없는 게 더욱 좋긴 하죠. 하지만 인생이 그런가요. 마음을 다치는 일은 늘 빈번히 일어나죠.

마음 근육을 키울 때는 긍정적인 경험을 통해 행복한 마음 근육을 키우고 나를 믿어주는 것이 먼저 수반되면 어떨까 생각을 해 봅니다. 나 자신을 스스로 아껴 주고 보살펴 주어야 송곳 같은 아픔들이 마음을 찔러 달려들 때 '괜찮을 거야', '이겨낼 수 있을 거야'라는 긍정의 마인드를 뿜어낼 수 있을 테니까요.

저 역시 마음을 크게 다치는 사람 중 한 명이었습니다. 소심하기도 했고 학창 시절 왜소한 몸으로 주위 사람들의 눈치를 많이 보고 자랐었습니다. 누군가가 쉽게 내뱉은 말은 저를 이리저리 휘둘리게 했고, 주체할 수 없는 슬픔에 빠져 허우적거릴 때도 있었죠.

그때 저를 다잡아 준 건 책 속의 글귀들이었습니다. 나를 응원하고 믿어주는 글들. 충분히 잘할 수 있다는 믿음을 책에서 받은 것이죠. 아마 다친 마음을 치유하기 위해 무작정 책을 읽어 내려갔던 것 같습니다. 신기하게도 그런 글들과 말들이 저를 치유해 주었습니다. 신기한 경험이었죠. 그러면서 저는 배운 것 같습니다. 나를 응원하고 격려하는 글들이 나를 단단하게 만들었다는 것을요.

작은 긍정이 쌓여 좋은 마음 근육을 만들게 된다면 아픔으로 인해 만들어진 마음 근육보다 훨씬 단단한 근육을 만들 수 있습니다. 긍정의 마음 근육은 한계가 없습니다. 심지어 할 수 있다는 믿음과 잘될 수밖에 없다는 확언을 심어주는 큰 자양분으로 우리 삶을 지탱하게 합니다.

나만큼 괜찮은 사람은 없다고, 나는 분명히 행복해질 수 있다고, 나는 멋지고 괜찮은 사람이라는 이야기를 스스로 자주 해 주는 것이 필요합니다. 믿어주지 않으면 누가 나를 믿어줄까요. 나만큼 나를 잘 아는 사람은 세상 어디에도 존재하지 않습니다. 나를 잘 아는 누군가가 있다고 해도 그건 나의 일부분을 아는 것이지 전부를 다 알지는 못하니까요.

다행히 저는 지금도 책 읽어주는 남자 채널을 운영하며 좋은 글귀를 찾고 행복한 언어를 탐독하며 마음 근육을 열심히 키우고 있습니다. 그리고 지금에서는 행복해질 줄 아는 사람이 되는 노력을 기울이고 있죠. 저는 요즘 들어 행복할 줄 아는 사람이 더 행복하다는 생각을 합니다. 현재의 기준에서 내가 무엇을 해야 행복해지는지 고민하고 현재 누릴 수 있는 행복을 경험하면 순간들이 훨씬 기쁘다는 사실을 경험한 거죠.

예를 들어, 30분간 가족과 함께 책을 읽는 것. 꽤 오래 이 방법을 쓰고 있는데 가족이 화목해지는 것도 느끼고, 그 시간이 끝나고 대화를 하며 요즘은 어떤 생각을 하는지 어떤 일들이 일어나고 있는지를 나누니 더욱 돈독해졌음을 느낍니다.

지금의 행복을 느끼는 것 또한 행복의 마음 근육을 발달시키는 방법입니다. 타인의 성공과 타인의 행복을 좇으며 나의 행복을 무시하는 일이 주변에 얼마나 많은가요. SNS를 통해 남과 나를 비교하는 문화가 생기면서 우리의 삶이 훼손되기 시작했음을 대부분의 사람은 알고 있습니다.

그러니, 지금 상황에서 내가 행복할 수 있는 것을 찾아보는 것도 중요합니다. 커피 한잔의 여유로움에서 행복을 느껴보든가, 오늘 3페이지 책 읽기를 통해 성취감을 얻는다든가 행복을 맛보는 기준점을 스스로 만들고 달성하는 거죠. 이 외에도 참 많은 것들이 있을 겁니다. 등산이나 수영 등 취미생활을 통해서도, 친구들과의 수다를 통해서도 말이죠. 일상에 일어나는 일들이 나를 행복하게 해 주는 일이라 생각해 보세요. 다른 삶을 부러워하는 것이 아닌 '나의 삶도 충분히 괜찮은데?'라는 생각으로 나의 마음 근육을 긍정과 행복으로 키우는 겁니다.

나는 행복할 줄 아는 사람이고 행복해질 줄 아는 사람이라고. 나는 지금 행복과 긍정의 마음 근육을 키우고 있는 것이고 아름다운 삶을 누릴 수 있는 사람이라고 생각하며 긍정의 나를 만들기 위한 시도를 해 보면 좋겠습니다.

당신은 충분히 할 수 있습니다.

도돌이표를

만나더라도

인생이라는 악보에 어떤 음표를 그려 넣을지는 나 자신만이 안다. 웅장하고 섬세한 음표로 삶을 창작하는 이도 있을 테고, 수수하고 간결한 음표로 창작해 나가는 이도 있을 것이다.

더 많은 음표를 그려 넣는다고 해서 더 아름다운 음악이라는 보장은 없다. 무슨 일이든 벌어져 롤러코스터를 타듯 스펙터클한 삶을 살아야만 더 좋은 삶은 아니다. 그렇다고 아무 일도 일어나지 않는 평온한 온점만 잔뜩 그려 넣는다고 해서 더 나은 인생도, 더 좋은 음악도 아니다.

주위의 시선에 휘둘리지 않고 자신의 음표를 잘 그려나가며 나다운 음악을 만들어 가는 것이 중요하다. 모두에게 완벽한 음악이 존재할 수 없듯이 모두에게 완벽한 인생도 존재하지 않기 때문이다.

지금 자신의 인생이 보잘것없고 최악의 상황처럼 느껴지고 도돌이표를 그린 듯 계속 힘든 일의 연속일 수도 있지만 자신도 모르는 사이에 쉼표를 만나 괜찮아지는 순간이 온다. 4분의 4박자 인생을 살다 4분의 3박자로 변주되어 새로워지기도 하고, 단순하던 음표가 다양한 음악 기호를 만나 풍성해지기도 한다. 삶도 그렇다.

지금의 부족하다고 느껴지는 삶은
결국 그 자체로 당신만의 완벽한 삶이다.

악보에 느린 음표를 찍든
쉼표를 찍든 혹은 도돌이표를 그리든

그것만이 당신의 완벽한 음악이다.

누구든 자기 삶의 주인공이니
자신만의 악보를 그려나가야 한다.

사랑하는

엄마에게

엄마,

나 사실 너무 힘들어.

이야기는 못 했지만

많이 아파하고 있어.

세상이 나를 어렵게 하네.

너무 많은 벽이 내 앞에 있어.

앞에 있는 벽을 힘겹게 넘으면

더 크고 높은 벽이 가로막아.

어떻게 해야 할까.

힘들어도 말해야 하는데,

다른 말만 하네.

난 괜찮다고.

잘 살고 있다고.

미안해.

하지 못한 말이 너무 많아.

노력해 볼게.

고마워.

그동안 마음 많이 아팠지.

이제 아프게 안 할게.

그리고, 사랑해.

가장 먼저

챙겼어야 할 사람

메신저가 일상이 된 시대, 많은 사람과 더 많은 대화를 나누며 하루를 보낸다. 만나는 사람이 늘어감에 따라 친구의 수도 늘어간다. 수없이 생겼다 사라지는 대화창은 다 기억해 내기도 힘들다. 핑계일 수 있지만, 무심코 놓친 대화도 많다.

하루는 급히 부탁할 일이 있어, 아버지에게 전화를 걸었다.
계속되는 신호음에도 끝내 전화가 닿지 않았다.
급한 마음에 아버지, 라고 먼저 메시지를 남겼다.

그러다 앞선 대화에 미처 답장하지 못한 아버지의 메시지를 보았다. 아버지는 아들에게 수많은 메시지를 남겼지만 답장은 없었다.

"오늘도 파이팅하거라. 사랑한다."

"감기 조심하고 건강하거라, 모두 모두 사랑한다."

"운전 조심하거라, 눈이 와서 미끄럽다."

"엄마와 함께 찍은 사진이다. 어떠냐."

"시간 날 때 연락해라."

"잘 지내고 있니."

수없이 아들을 생각하며 보냈을 메시지들. 가장 먼저 챙겼어야 했을, 답장을 보내야 했을 가족이었는데.
눈물을 훔치고, 뒷말을 보냈다.

"보고 싶어서 전화했어요."

내 삶의

의미

청춘의 꽃이 피는 시기인 20대를 지나갈 적에는 내가 '청춘'이라고 굳이 의식하지 않았지만, 결혼을 하고 아이를 키워 보니 청춘은 고사하고 늙어 가고 있다는 걸 실감한다. 아이는 부모의 나이를 먹고 산다는 말이 있지 않은가.

나이 드는 게 꼭 나쁜 일만은 아니라고 생각하면서도 거울을 보면 짙어진 주름이 신경 쓰이고, 초면에 나이를 밝히기 꺼려진다. 누군가는 늙어 가는 것이 아니라 익어 간다고 했지만 나이 듦에 초조해지는 건 나쁜일까.

고향으로 내려가 아버지와 소주 한 잔을 기울였다. 이제 70대가 되어 몸이 조금씩 고장이 난다는 아버지에게 청춘이 그립지 않으시냐고 물었다. 아버지의 대답은 의외였다.

"청춘이 부러운가 보구나. 그런데 청춘을 마냥 멋지게만 볼 수 있을까? 모두들 청춘이 가장 좋을 때라고 이야기하지만 정작 그 시간을 건너는 젊은이들에게는 캄캄한 어둠일 수 있거든. 청춘을 그저 멋지고 낭만적으로 바라보기만 해서는 안 돼."

아버지의 답변에 조금 흥미로워진 나는 "그래도 젊음은 기회가 많잖아요. 넘어져도 일어날 기회가 많다는 건 부러운 일이니까요. 그 사실까지 부정할 수는 없다고 생각해요"라고 대답했다.

"물론 젊음이란 좋은 거지. 내 말은 청춘이 좋다는 말로 젊은이들의 어려움까지 가볍게 치부해 버리지 않으려고 노력해야 한다는 의미야. 그리고 늙어 간다는 건 나쁜 게 아니란다.

사람은 나이가 들면서 조금씩 성장해 가거든. 많은 경험 속에서 실패와 좌절을 겪으며 얻는 작은 깨달음이 있어. 그것들이 모여 조금씩 삶의 지혜가 생기는 거지. 하지만 청춘의 시기에는 그런 경험이 쌓이기 전이니 막막하고 어렵게 느껴지는 건 당연하단다."

그러고는 아버지의 말이 내 마음을 쿡, 찔렀다.

"삶의 의미를 찾으렴.
그 의미를 몰랐던 시절로 되돌아가고 싶지 않을 거야.
그러니, 네 삶의 의미를 찾으렴."

문득 다시 젊은 시절로 돌아간다면 지금까지 경험하며 깨달은 나만의 삶의 의미를 똑같이 찾아낼 수 있을까, 하는 생각이 들었다. 아버지는 내 마음을 아는지 모르는지 크게 웃으며 말했다.

"솔직히 청춘이 안 부럽다면 거짓말이겠지? 왜 부럽지 않겠어. 그렇게 좋아하던 운동도 마음껏 하지 못하는데. 하지만 젊은이들이 하루하루를 살아가듯 나도 내가 깨달은 삶의 의미를 토양 삼아 또 다른 의미를 찾아가는 거지. 그게 삶이란다."

문득 궁금해져서 물었다.

"아버지가 발견한 삶의 의미는 뭔데요?"

아버지는 대답했다.

"내가 찾은 삶의 의미 중 첫 번째는 너다."

부모는 자식을 때때로 감동시킨다. 부모는 한없이 작아 보일 때도 있지만 넘을 수 없는 큰 산이기도 하다. 시간이 흐르고 경험이 쌓여 나도 아버지만큼 가장 중요한 삶의 의미를 찾게 되었을 때, 그때도 아버지와 술 한잔 기울이며 서로가 찾은 삶의 의미를 나눌 수 있게 되기를 빌어본다.

"내 삶의 첫 번째 의미는

바로 너다."

함께

살아간다는 것

한 사람과 인생의 절반 이상을 함께 걸어갈 약속을 한다. 살아온 생보다 함께 살아갈 생이 더 길다. 같이 밥을 먹고 매일 얼굴을 마주하며 소소한 이야기를 나누는 흔한 일상이지만, 그 속에는 반짝이는 행복이 있다. 각자 다른 하루를 보내다가도 그 하루의 끝에는 반드시 만나 서로의 하루를 섞는 기적을 매일 경험한다.

해가 저 멀리 지평선에 가까이 닿을 때 펼쳐지는 주황빛 하늘을 바라보며 맥주 한 잔을 나눌 수 있는 누군가가 늘 함께여서 좋다. 나의 오늘 하루를 전부 이해하지는 못해도 내 어깨에 손을 올리고 생명력을 전달해 주듯 토닥이는 내 사람. 그럴 때는 석양의 짙어진 붉은 온기가 내 몸을 휘감아 나른하고 안락하게 다가온다.

밤늦은 시간, 보지 않는 텔레비전을 켜 놓고 하나는 책을 읽고 다른 하나는 휴대폰을 보며 각자의 시간을 보낸다. 그러다 갑자기 인기척이 없는 걸 느끼고 옆을 바라본다. 책을 든 채로 새근새근 잠든 모습을 보고는 어쩜 이렇게 잠들 수 있는지 황당해하다가 귀여운 모습에 웃음이 난다. 피곤하니 편히 자라고 말 걸면 잠든 게 아니라며 시치미 떼는 모습에 결국 소리 내어 웃고 만다. 그렇게 웃다가 이런 게 행복이구나, 라고 느낀다.

야식을 먹어야 할지 말아야 할지 한참을 고민하다 때를 놓친다. 결국 '더 늦은' 야식을 앞에 두고 "우리는 틀렸어"라며 고개를 휘젓는다. 더디게 찾아오는 주말을 알차게 보내지 못하고 느지막이 일어나 왜 이리 주말은 짧냐고 투정을 부리는 하루. 목이 다 늘어난 운동복에 부스스한 머리로 씻는 걸 미루고 소소한 일거리도 함께 미뤄 둘 수 있는 일상의 너그러 움을 함께 만들어 간다.

때로는 화를 주체하지 못한 채 이리저리 뛰며 울분을 토하다 가도 금세 서로에게 미안하다 사과하고, 내가 잘났네 끝까지 자존심을 세우다가 금세 웃어 버리는, 함께 살아가고 있기에 느낄 수 있는 작은 순간들이 모여 행복을 만든다.

나는 확신한다.
짧은 하루지만 그 속에서도 기적을 경험할 수 있다는 것을.
함께 걸어가고자 한다면 행복은 쉽게 잡을 수 있다는 것을.

행복은 당연하게 이루어지는 것이 아니라

평범해 보이는 일상에서

의미를 발견해 나가야 한다는 것을.

그렇게 매일을 기적으로 만들 수 있다는 것을.

모든 건

생각하기 나름

며칠 전부터 낌새가 이상했다.

멀쩡하던 몸이 이상 신호를 보내왔다.

갑자기 식은땀이 흐르고 어지럽고 잔기침이 시작되었다.

무엇이 문제였을까.

어딘가 크게 아프기에는 아직 젊은 나이인데

몸을 너무 혹사시켰나 싶었다.

낮에는 수많은 사람을 만나느라 바쁘게 뛰어다녔고,

밤에는 떠오르지 않는 글감으로

뒤척이는 날들이 계속되었으니 그럴 만도 하다.

아프면 안 되는데, 라고 걱정하다가

나 스스로 참 못났다 싶었다.

결국 사달이 났다.

감기몸살이 심해져 도저히 몸을 가눌 수 없고,

누군가 망치로 온몸을 두드리는 것처럼 욱신거렸다.

그때부터 아무것도 할 수 없는 나를 자책하기 시작했다.

바보같이 제 몸 하나 챙기지 못하고 아프다니.

해야 할 일은 저렇게나 많은데

하루 종일 누워서 시간을 흘려보내는 게 너무나 안타까웠다.

계속 끙끙대며 이리 뒤척 저리 뒤척거리니

어머니가 한마디 툭 내뱉으셨다.

"아픈 김에 쉬어 가라,

이럴 때 쉬어야지 언제 쉬겠냐.

생각하기 나름이다, 이 녀석아."

그렇구나.

잠깐 멈추라는 신호였구나.

천천히 생각하고 많은 걸 정리할 수 있는 시간이구나.

아무것도 할 수 없는 상황이

아무 일도 할 수 없는 아픔이

오히려 쉬어 가라는 신호였구나.

내가 지금 불행한지 행복한지도 역시,

생각하기 나름.

꼭

말해 주고 싶다

사랑해 주고 싶다.

꼭 안아 주고 싶다.

지금 이곳에서 숨 쉴 수 있고

살아 있음에 행복할 수 있도록 토닥여 주고 싶다.

많은 것을 쥐고 있지 않아도

지금 이곳에서 행복할 수 있다고 말해 주고 싶다.

많이 소유할 수 없음에 아쉬워하기보다

지금 있는 곳에서 행복을 찾는 사람이 되자고

그 행복에 눈물겨울 수 있는 여유를 갖자고
그렇게 당신에게 말해 주고 싶다.

스스로 존재하는 것이 얼마나 가치 있는 일인지
꼭 말해 주고 싶다.

비록 삶이 힘들고 지치더라도
이겨낼 수 있다는 용기와 자신을 사랑하는 법을
당신 마음속 깊이 심어 주고 싶다.

넘어진 자리에서 툭 털고 일어날 수 있는 사람
자신의 운명을 사랑할 수 있는 사람
스스로 미소 지을 수 있는 사람

당신이 그런 사람이 되기를 바란다.

아주 작은

꿈일지라도

아이들에게 꿈을 물어볼 때가 있다. 대통령, 과학자, 선생님 등 무궁무진하다. 하지만 원하는 대로 꿈이 다 이루어지지 않는다는 걸 우리는 안다.

나 역시 미술에 소질이 있다고 믿었지만 중학교 시절 재능이 특출난 친구를 만나 좌절을 맛보았다. 내가 노력한다고 해도 절대 따라잡을 수 없는 차이를 느꼈기 때문이다. 그 이후로 예술고등학교는 내가 들어갈 수 없다는 결론을 내릴 수밖에 없었다.

나쁜만이 아니다. 대부분 꿈을 꾸지만 그 꿈은 현실의 톱니바퀴에 몸을 맡긴 채 온데간데없이 사라져 버린다. 누군가는 꿈을 사치라고 이야기한다. 원하는 것을 다 하고 산다는 건 신이나 가능하지, 인간의 영역이 아니라고 큰소리친다. 틀린 말이 아니다.

하지만 모두 한 번씩 꿈을 꾸었다는 게 중요하다. 그 꿈이 크건 작건 간절히 바라던 적이 있었다. 그 꿈이 이루어지지 않았더라도, 기억이 나지 않는 꿈이라도 어린 시절의 우리는 분명 꿈을 꾸었다. 그 사실만으로도 충분히 우리는 가치 있는 사람이다.

지금 꿈이 있고 없고가 중요한 게 아니다. 그 꿈이 사치인지 희망인지에 대한 이야기도 아니다. 어린 시절 간절히 원하던 무언가가 있었기에 지금 여기까지 올 수 있었다고 말하고 싶은 것이다.

우리는 저마다 희망을 품고 살아야 한다. 지금 당장 이룰 수 없는 거대한 꿈도 좋지만 아주 사소한 꿈이라도 상관없다. 당신의 소망이 아주 작고 초라하다고 비웃을 사람도 없다. 거창할 필요도 없다. 아주 작은 것이라도 좋다.

나는 오늘 아침 일어나며 저녁으로 맛있는 김치찌개 먹기를 희망하고 꿈꾼다. 또, 욕조에 뜨거운 물을 가득 채워 몸을 담글 수 있기를 소망한다. 오늘 하루 편안히 잠들기를 바란다. 이렇듯 작은 꿈이지만 나는 매일 꿈꾸고 그것을 이루며 산다.

작지만 이룰 수 있는 꿈을 꾸기에 자주 행복을 맛본다. 어찌 보면 하루를 행복으로 채우는 주문일지도 모른다. 나는 꿈을 꾸고 그 꿈을 매일 이루고 목표한 바를 이루기에 내일이 조금 더 충만하다고 믿는다.

오늘 당신의 꿈은 무엇인가요?

힘들게 하는 건

버리세요

학생들을 가르친 적이 있다. 몇 안 되는 수였지만 무척 아끼던 녀석들이었다. 어느 늦은 여름이었던가. 수업이 끝나고 학생들에게 청소를 맡긴 후 교실로 돌아왔는데 아무도 없는 게 아닌가?

쓰레기를 버리러 갔겠지, 하고는 기다렸지만 꽤 오랜 시간이 지나도 돌아오지 않았다. 지금이야 그중 한 명에게 전화를 걸어 어디냐고 물어보면 될 일이지만 그때는 휴대폰이 귀하던 시절이었다. 그래서 기다렸다. 곧 오겠지 하면서…….

쓰레기를 버리고 돌아오는 일을 네 번 이상 반복해도 남을 만큼의 시간이 지나서야 학생들이 나타났다. 내심 '다른 누군가가 아이들에게 심부름을 시켰거나 어딘가에서 놀다가 돌아왔겠지' 짐작하며 왜 늦었는지 물었다. 학생들의 대답은 신선했다.

"쓰레기를 버리러 간 김에
우리 스트레스도 같이 버리고 오느라 좀 늦었어요."

어디에서 시간을 보내고 왔는지는 모르겠지만, 그 시간을 스트레스를 버리고 왔다고 표현했던 아이들. 그때는 대수롭지 않게 웃으며 지나갔지만 지금은 그 말이 가끔씩 머리를 스친다. 생각할수록 참 고마운 말이다.

우리는 버리는 일에 익숙하지 않다. 사소한 것에 의미를 부여하고 오랜 시간 동안 버리지 못한다. 어디에서 받은 건지 기억조차 나지 않는 물건들이 집 안 곳곳에 쌓여 있다. 언젠가 한 번은 입겠지 하는 옷들은 골동품처럼 세월 속에 묻혀 있다.

다른 많은 이들도 나와 같지 않을까. 물건을 버리는 일에 익숙하지 못한 당신과 나. 가능하다면 버릴 수 있는 것들의 범위도 조금 넓혀 봐야겠다. 그때 그 학생들이 스트레스를 버리고 돌아왔던 것처럼 꼭 물건만 버리라는 법은 없으니까.

* *

이제는 버리세요.
케케묵은 쓰레기를 버리듯
뒤돌아보지 말고
깨끗이 버려도 괜찮아요.

눈에 보이지 않더라도
버려야 할 것들이 있어요.

마음의 짐
너무 열심히 살아가려는 마음
뭐든 내가 다 해결하려는 마음
너무 오랜 시간 많은 짐을 지고 있었어요.

이제는 덜어내도 괜찮아요.

당신을 짓누르는 것들

당신을 옭아매는 것들

모두 다 버리세요.

그냥

사랑한다는 말

사랑을 이론적으로 정의하려 드는 사람도 있지만 사랑은 그리 단순하지 않다. 사람에 따라 다르게 표현하고 다르게 받아들이기 때문이다.

어떤 이는 콩깍지가 씌어 그 사람밖에 보이지 않는 것이 사랑이라 표현할 것이고, 어떤 이는 오랫동안 지켜 주고 신경 쓰고 보살피는 것이 사랑이라 느낄 것이다. 사랑은 이처럼 다양한 모습으로 각자에게 다가온다.

한 사람을 사랑하다 보면 단점이 보이기 시작하는데 아주 사소한 것들이다. 매번 약속한 시간보다 5분에서 10분 늦는다거나 어느 장소에 가자고 말해 놓고 잊어버리는 무심함, 음식을 고를 때 잘 고르지 못하는 우유부단함, 밥 먹을 때 숟가락과 젓가락을 동시에 쥐고 먹는 습관……. 하지만 이런 단점들을 모두 상쇄하고도 남을 무언가가 사랑이다.

사랑을 하는 사람들에게 가끔 물어볼 때가 있다. 그 사람의 어떤 점이 좋냐고. 처음 사랑을 시작한 사람들은 외모나 성격 아니면 어느 한순간 느꼈던 불꽃 튀는 감정을 이야기하지만 오래된 연인들은 쉽게 대답하지 못한다.

몇 마디 말로 표현하기에 충분치 않기 때문이리라. 좋아하는 것들이 너무나 많아 표현하지 못해 그냥 좋다고 대답하는 사람이 대다수다. "그냥 좋은 것이 가장 좋은 것"이라고 원태연 시인도 이야기하지 않았던가.

* *

그 사람과의 사랑을 표현할 때

쉽사리 형용할 수 없는 것

그 사람을 떠올렸을 때

어디가 좋은지 생각하기도 전에 미소부터 지어지는 것

특별한 이유가 있어

그를 사랑하는 게 아니라

그저 좋기에 다 좋아 보이는 것

그저 받아들이는 것

그 사람을 인정하는 것

오랜 시간이 흘러도

퇴색하지 않고 짙어지는 것.

그런 사랑.

그게 사랑이다.

계속

읽어가기로 해요

가끔 책장을 뒤져 볼 때가 있어요. 오래전에 읽었던 책들을 다시 꺼내서 읽어 보곤 해요. 접어놓은 페이지를 펴 읽다 보면 그때와 같은 감동이 밀려오는 책이 있어요.

그런데 어떤 책은 한 번도 읽지 않았던 책처럼 생소할 때가 있지요. 분명히 책에는 선명하게 밑줄 그어진 문장이 있는데, 읽었던 기억조차 나지 않는 거예요.

그럴 땐 당황스러워요. 이전에는 마음에 와닿았던 문장이어서 밑줄 그었을 텐데, 지금은 전혀 공감되지 않으니까요. 그때나 지금이나 크게 달라진 게 없는 것처럼 느껴지는데 말이죠. 어쩌면 그때와 지금의 기분이, 온도가, 조명이, 감정이 달라서 그럴 수도 있겠죠. 알 수 없어요.

＊ ＊

삶도 그런 것 같아요.

그때의 삶과 지금의 삶이 다른 것.

늘 새로운 삶이 내 앞에 다가오는 것.

어른이 되어도 알 수 없는 게 삶인 것 같아요.

사랑도 그런 것 같아요.

왜 당신을 사랑했는지 이해할 수 없는 것.

지나간 사랑으로 한 뼘 성장한 것 같지만

또 다른 사랑에 넘어지고 바보가 되어 버리는 것.

어른이 되어도 알 수 없는 것.

하지만 각자의 인생은

결말을 알 수 없는 한 권의 책과 같기에

계속해서 읽어 나가야 해요.

다시 꺼내 보면서 울고 웃으며

새롭게 보이는 이야기를 즐기는 것.

세상도 변하고 나도 변하는 시간 속에 몸을 맡기는 것.

그저 꽂아만 둔 채 먼지가 내려앉게 두지 말아요.

한 번씩 꺼내어 계속해서 읽어 나가야 해요.

당신이라는 인생의 책을.

마음을

녹이는 말

따뜻한 말 한마디로

굳었던 마음이 녹아내릴 때가 있다.

풀리지 않을 마음이라 생각했는데

뜻하지 않던 사람이 건넨 위로의 말.

한없이 차가운 내 마음에

뜨거운 빨간색 잉크를 한 방울 떨어트려

강렬하게 살아 움직이게 만드는 말.

그 말 한마디가 우리를 살게 한다.

당신 마음도 굳어 있다면 건네고 싶다.

단출한 문장일지 모르지만

마음에 잔잔한 울림을 주는 말을.

꽃씨가

될 테니

우리 슬퍼하지 않기로 한다.

너와 나의 만남에서
하루가 어떻게 흘러갔는지
어떤 나날을 보냈는지
기억하고 회상하라.

이기적이고
편협한 생각이라 할지라도
우리 슬픈 일만 있었던 건 아니기에.

우리 손길이 닿은 곳에

수많은 추억이 담겼으니

흘려보내지 말고 고스란히

기억하고 회상하자.

비록 헤어짐은 급작스레 찾아왔지만

우리 슬퍼하지 않기로 한다.

우리 괴로운 일만 있었던 건 아니지 않나.

다른 사랑으로 힘들 때

이 사랑의 경험으로 발판 삼아

다시 일어날 것이다.

상처는 아물고

또 다른 사랑으로 다시 꽃필 것이다.

우리 흔들리지 않기로 한다.

우리 슬퍼하지 말기로 한다.

너는 너의 삶을, 나는 나의 삶을 행복하게 살면 된다. 훗날 다른 사랑으로 힘들고 괴로울 때 너와 나의 시간이 도움이 되리라. 훗날 너와 나의 또 다른 사랑을 더욱 돈독히 하고 꽃피우는 꽃씨가 될 테니 감사하자.

지금은 아픈 기억으로 남았을지 몰라도 사랑에 상처받은 마음은 언젠가 아물고 단단해진다는 것을 나는 배웠다. 모든 사랑은 서로가 성장하는 과정임을 나는 배웠다. 누가 상처를 주었고 이별을 먼저 말했는지 따져 보는 건 미련한 짓이다. 그저 존재만으로도 서로에게 행복했으니 너무 슬퍼하지 말기를.

우리 슬퍼하지 말기로 한다.
우리 행복하기로 한다.
행복하게 살면 된다.

너는 너의 삶을
나는 나의 삶을.

오직 당신의

세상이기에

우리의 삶은

누군가가 정해 놓은 것이 아니다.

스스로가 의미를 만들어 가는

지극히 주관적인 경험의 산물이다.

누구나 인정하고 알 만한 삶은

정작 나 자신에게는 적용되지 않는다.

이 세상 어느 누구도

내가 보는 세상을 똑같이 보고 있지 않듯이

나의 경험으로 얻은 교훈과 지식은

나에게만 적용되어 나만의 세계를 만든다.

그러니

세상 모든 사람들은

각자 다른 세계에 사는 사람들이다.

타인의 세계관을 기준으로 삼아

내 세계관에 적용시키거나

관철시키려고 할 때

끊임없이 흔들리게 된다.

그렇게 내 삶을 조금씩 갉아먹는다.

행복의 실마리는

타인이 아닌 나 자신에게 있다.

내 삶의 의미를 존중하고 소중히 하면

내가 아닌 다른 이들의 세계와

비교하는 것 자체가 무의미해진다.

당신의 삶은

유일무이한 것이고

아름다운 세계이기에

스스로를 더 가치 있게 여겨도 된다.

당신의 세계는

당신만의 것이기에

귀하고 빛나는 것이다.

귀를
기울이다

상대를 진심으로 위한다는 게 무엇일까

고민될 때가 있습니다.

바로 친한 친구 녀석이 나를 불러낼 때입니다.

만나면 그 친구는 늘 한숨을 쉽니다.

그리고 힘든 이야기를 풀어내곤 합니다.

그때부터 고민이 시작됩니다.

이 친구를 위해 진심 어린 충고를 해 주어야 할지,

옆에서 가만히 들어 주는 게 더 위안이 될지

모르기 때문입니다.

그가 무거운 번민에 시달리면서도

나를 찾아온 걸 보면

분명 이유가 있을 거라 생각합니다.

참 보잘것없는 나를

힘들 때마다 찾아온다는 건

참 고마운 일이지요.

그래서 물어보았습니다.

그토록 괴로운 상황에서

나를 찾는 이유가 무엇인지요.

친구는 대답합니다.

"그래도 너는 잘 들어주니까."

그때 힘든 상대를 위하는 게

잘 들어주는 것, 경청이라는 사실을 알았습니다.

경청傾聽

귀를 기울여 듣는다는 말.

사람들은 대부분

문제가 생긴 상황에서

어떻게 처신해야 할지 스스로 알고 있습니다.

그런 이에게 우리가 해줄 수 있는 건

그의 이야기에 귀 기울여 주는 것입니다.

그가 어떤 결정을 내리든지,

나와는 다른 생각이나 결론에 도달하더라도

그의 편에 서서 들어 주어야 하는 것이죠.

분명,

그는 시간이 지나면 잘 이겨낼 겁니다.

그를 믿고 응원하고 기다려 주어야 합니다.

귀를 기울이기도 하지만

진실한 마음으로 상대에게 관심을 기울이면

그게 가장 큰 위안이 됩니다.

그리고,

나에게도 귀 기울이기를 미루지 마세요.

나에게도 관심을 기울이면

어느새 아늑하고 따뜻한 위안이 다가올 겁니다.

좋은 사람

하나쯤은

우연히 오래전에 알고 지내던 지인을 만났다. 얼마나 오랜만인지 헤아리기조차 어려울 만큼 긴 세월이 지난 후였다. 반가운 마음 반 어색한 마음 반, 짧게 안부 인사를 건넨 후 "다음에 연락하자"는 말을 마지막으로 헤어졌다.

늘 그렇듯이 그날의 기억은 까맣게 잊은 채 바쁜 일상에 휩쓸려 살아가던 어느 날, 모르는 번호로 전화가 걸려 왔다. 며칠 전 만났던 그 지인이었다.

"다음에 연락하자고 해서 연락했어."

그는 예전에 좋았던 기억들이 떠올라 한 번쯤 전화해 보고 싶었다고 덧붙였다. 좋은 시절을 함께 보낸 우리였기에 별일 없는지 묻고 싶었다고. 이런저런 사는 이야기를 나누었다. 그리 길지 않은 시간이었지만 신기하게도 지금 내 앞에 놓인 여러 고충도 까맣게 잊은 채 오로지 그 녀석과의 대화에만 집중할 수 있었다.

그는 예전에도 그랬지만 지금도 참 좋은 사람이었다. 오래 잊고 지낸 친구였지만 또다시 가슴에 좋은 사람을 담았다고 생각하니, 마음이 온기로 가득 찼다.

살면서 때때로 '좋은 사람이다'라고 느껴지는 대상이 있다. 만나서 담소를 나누거나 술잔을 기울이지 않아도 작은 추억 하나로도 기분이 좋아지는 사람. 그런 사람이 그였다.

＊ ＊

좋은 사람을 마음에 담아 둔 이는 행복하다.
만남이 주는 기쁨도 기쁨이겠지만

멀리서 서로를 생각하고

추억을 공유하며

서로의 기억 속에서 살아 있으니

그 자체로 힘이 되고 기쁨이 된다.

그는 그대로

나는 나대로

서로를 응원하고,

가끔은 목소리 듣고 싶다고

연락할 수 있는 그 자체가 행복이다.

우연히 만나더라도

늘 만나며 지내는 사이처럼

주위 공기를 따뜻하게 만드는 관계.

우리, 가슴에 좋은 사람 하나는

인생이라는 넓은 정원 속에

담아 두고 살아가자

예쁜 꽃들이 필 수 있도록.

스쳐 간 모든 것을

사랑한다

지나쳐 간 모든 것을 사랑한다.

어제 본 버스 밖 풍경에서 볼 수 없었던

오늘의 나무들을,

어제 본 골목에서 지나쳐 볼 수 없었던

오늘의 코스모스를,

어제 본 해질녘 노을에서 볼 수 없었던

오늘의 낭만과 여유를,

어제 본 어머니의 뒷모습에서 볼 수 없었던

오늘의 미소와 사랑을,

스쳐 간 것에 의미를 두지 못해

행복할 수 없었던

어제의 나를 버리고

오늘의 나를 찾을 수 있게

앞으로의 모든 것을 더 사랑하겠다.

그런 사람이

좋더라

복잡한 세상살이 겪어 보니

그저 옆자리 한편 쉬이 내어 주는

마음 편한 사람이 좋더라.

자기 잘난 맛에 사는 사람

자기 돈 자랑하는 사람

자기 배운 것 많다 으스대는 사람 제쳐 두고

내 마음 가는 편한 사람이 좋더라.

사람이 사람에게 마음을 주는 데 있어

겸손하고 계산하지 않으며
조건 없이 나를 대하고
한결같이 늘 그 자리에 있는
그런 사람 하나 있으면 내 삶 흔들리지 않더라.

더불어 산다는 것은
사람의 마음을 소중히 하고
서로에게 친절할 줄 알며
삶에 위로가 된다는 것.

빠르게 흘러가는 세상에서
숨 한 번 고를 수 있게
그늘이 되어 주는
그런 마음 편한 사람이 좋더라.
그렇게 마음 편히 사는 것이 좋더라.

나 또한 그런 사람이 되기 위해

스스로를 반성하며

사람을 귀하게 여길 줄 아는

참사람이 되어야겠더라.

내 마음이

가는 대로

나 자신에게 솔직해지는 일,

사람들 앞에서 솔직해지는 것보다

훨씬 더 힘든 일이겠지요.

내 감정에 충실하고

내 마음에 귀를 기울이는 일,

왜 이렇게 어려운 걸까요.

힘들다고

아프다고

보고 싶다고

사랑한다고

그냥 말 한마디 토해 내면 그만인데,

그게 참 쉽지 않아요.

침묵으로 마음을 닫고

들키지 않으려 애쓰고

가슴 깊숙이 감정을 숨기면서도

알아주지 않는 상대를 원망하고 있지는 않나요?

애써 나 자신을 달래던 모습을 잊어요.

상대를 위해 애써 배려했던 나를 잊어요.

내 마음이 가는 대로

내 감정이 이끄는 대로

그렇게 살아요.

chapter 3.

누구를 만나더라도

행복하고,

사랑 없이

삶을 여행하지 말아요

요즘 들어 시대가 변하고 있다는 것을 가장 크게 느끼는 것이 결혼에 대한 가치관 변화입니다. 초혼 연령의 변화, 혼인 건수에 대한 변화, 자녀 수의 변화. 한국뿐만 아니라 선진국에서의 1인 가구 비율 증가 등 사회가 변함에 따라 사회적인 변화도 생기는 것을 마주할 수 있습니다.

그러나 사회적인 변화가 생겨 결혼제도가 변화한다고 해서 그 근간인 '사랑'이 변하는 건 아니라고 믿습니다. 우리는 사람을 통해 더 나은 사람이 되려 노력해 왔고 발전했으며 더불어 사는 삶을 통해 정서적인 교감과 안정감, 편안함을 느꼈기 때문입니다.

사실 우리는 삶의 가장 행복하고 아름다운 순간을 서로 나누면서 만족감을 얻기도 합니다. 여행을 갔을 때 아름다운 풍경이 보이면 SNS에 공유하여 기쁨을 나누기도 하고 맛있는 음식을 먹을 때면 함께 먹고 싶은 사람을 떠올리곤 하는 것처럼요. 사랑은 삶의 여정에서 매우 중요한 일입니다. 그 어떤 행복한 순간이 앞에 있더라도 함께 누릴 사람이 없으면 공허하고 허무해지기까지 한 것은 그런 이유 때문일 겁니다.

저도 혼자 여행을 오래 한 적이 있습니다. 물론 사람마다 다르겠지만, 혼자 여행하면서 느끼는 즐거움은 낯선 곳에서 누군가를 만나 정서적 교감을 나누고 여행에 대한 가치관과 즐거움을 나눌 때 배가 되는데 그런 사람이 없다면 매우 외롭고 서글퍼짐을 느꼈습니다. 나눔이 없는 삶이 이렇게나 팍팍하고 우울함을 가져다줄 줄은 몰랐죠. 특히 여행을 다녀온 순간, 그 마음을 누군가와 깊게 나눌 수 없다는 것을 알고서는 더욱 누군가와 함께 인생을 살아가는 것이 중요하다는 것을 느낍니다.

친함의 정도는 얼마만큼의 추억을 함께 공유했느냐에 따라 다르다고 하죠. 같은 추억이 있을 때 그 사람과의 친밀감이 높아지고 말할 거리도 많아집니다. 학창 시절 친구들을 오랜만에 만나도 가깝게 느껴지는 건, 함께 했던 추억이 깊고 정서적 공감이 크기에 가능한 일일 겁니다.

사랑도 마찬가지입니다. 가족과의 사랑도 오랜 시간 함께 보고 느꼈던 것들이 쌓이고 쌓여 그 사랑이 더욱 크게 느껴지는 것이고, 연인과의 사랑 또한 그 사람과 함께한 시간, 장소, 분위기, 경험들이 있기에 그 사랑이 더욱 가치 있고 의미 있게 되는 거죠.

사랑 없이 삶을 여행하지 말아요. 서로의 삶에 좋은 향기와 흔적을 남겨 서로 아름다워질 수 있으면 좋겠어요. 팍팍한 삶에 한 줄기 온기를 내려다 주는 사랑이 있어야 우리의 삶이 행복해질 수 있으니까요. 이 세상을 오래 함께 여행할 수 있는 사람이 있다는 것은 축복이에요. 서로 손을 잡고 당차게 이 삶을 살아내기를, 두려움과 아픔을 함께 이겨낼 수 있기를, 일상의 즐거움과 소소한 행복을 누리면서 삶이라는 여행을 사랑으로 가득 채우기를 바라요.

서로이기에 온전할 수 있고 서로이기에 사랑할 수 있어요. 서로 웃고 떠들며 삶이라는 여행을 기쁨으로 가득 채워요.

사랑 없이
삶을 여행하지 말아요.

내가 원할

내가 되길

사람들은 종종 나에게 말한다. 너는 외향적인 사람이라고.
사람 만나기를 좋아하고 어울리기를 즐기며 관계 속에서 행
복을 찾는 사람이라고. 네가 없는 모임은 재미가 없으니 빠지
지 말고 꼭 나오라고.

나는 주위 사람들에게 분위기메이커로 통했고, 사람들에게
호감을 주기 위해 노력하며 살아왔다. 하지만 언제부터인가
사람들이 보는 내 모습이 진짜가 아니라고 느낀다.

분위기메이커, 외향적인 사람……. 그 모습들이 정말 나일까?

일부러 그런 역할을 자처하며 애써 왔던 건 아닐까? 그저 남들에게 좋은 사람으로 보이고 싶어서 노력했던 건 아닐까?

사실 나는 혼자 있는 시간에 에너지를 채우는 사람인데 말이다. 돌이켜 보면 어떤 자리에서든 모임을 주도해 나가는 사람보다 타인의 이야기를 조용히 경청해 주는 이들을 더 많이 찾는다. 나도 힘이 드는 날에 떠오르는 이는 내 어려움을 조용히 들어주고 공감해 주는 친구니까.

물론 무조건 경청하는 사람이 좋은 사람이라는 것도, 그런 사람이 되어야 한다는 것도 아니다. 어떤 사람이든 자신의 자리에서 각자의 역할로 현존하다 보면 자연스레 하나의 모임이 다채롭게 채워지는 것이니까.

그저 진짜 나를 숨기는 사람만큼은 되지 말자는 말이다. 타인이 원하는 사람, 타인이 좋아할 만한 사람이 아니라 나 스스로에게 솔직해지는 게 필요하다. 스스로에 대해 생각해 보고 나 자신을 돌아보는 것.

나도 어떤 모습이 진짜 내 모습인지 아직도 찾아 헤매는 중이다. 거짓 없는 내 모습을 찾는 일이 어려울지 몰라도 꼭 필요하다.

누가 뭐라고 해도,

내가 원할 내가 되길.

자기 자신으로 살길 바란다.

진정한 행복을

찾는 법

행복한 삶은 스스로 행복해지는 것에서부터 시작한다. 그리고 더불어 살아가는 타인의 관계가 더해져 더욱 풍성하고 진정한 행복을 느낄 수 있게 된다. 살아오면서 겪은 건, 혼자만 행복하다고 해서 모든 행복을 쟁취할 수 없다는 것이었다. 스스로의 행복과 관계에 대한 행복이 만족될 때 우리는 안정이라는 큰 행복을 얻을 수 있다.

인생은 혼자서만 살아갈 수는 없기에 좋은 사람을 만나 함께 살아가는 것에 대한 진정한 행복을 배워야 할 필요가 있다고 생각한다. 행복을 위해 관계에도 노력이 필요하다는 뜻이다.

특히, 가족의 행복이야말로 우리에게 행복감을 주는 큰 축이다. 가족이 아프거나 상황이 좋지 않을 때 온 집안 전체가 어둡고 슬픔에 휩싸이게 되는 상황을 대부분 겪지 않았을까. 가족이 행복해야 나의 행복감 또한 올라가는 것을 기초에 삼아야 한다.

여기에서 짚고 넘어가고 싶은 것은 가족관계에서는 비슷한 관심사나 취미를 나누며 서로에 대한 유대감을 쌓는 게 좋은 관계를 유지하는 데 큰 도움이 된다는 것이다. 전혀 다른 삶을 사는 가족이 대화가 적은 이유는 서로가 공유할 만한 이야깃거리가 없기 때문인 것이 크다고 생각된다. 다만 여기에서, 나의 가치관에 상대가 맞춰주길 원하는 것이 아닌 내가 맞출 수 있는 것이 무엇이 있을까에 대한 생각이 행복에 중요하다는 것을 느꼈다.

이에 가장 쉽게 다가가는 방법은 나의 가족이 행복할 수 있는 것이 무엇이 있을까 생각해 보는 것이다. '오늘은 어떻게 해야 부모님이, 또는 나의 배우자가, 나의 자식이 행복해질까' 라는 질문을 스스로에게 던져보는 것이다. 그리고 아주 사소한 한 가지라도 그것을 실천하면 관계는 돈독해지고 깊어질 수 있다.

반대로 상대가 나에게 무언가를 하지 말라는 것이 있다면, 제재에 대한 불만을 표출하기보다는 왜 나에게 하지 말라고 이야기할까 하고 반문해 보는 것이 중요하다. 생각해 보면 나를 위해 하는 말인데, 부정적으로만 생각하니 관계가 소원해지면서 불행이라는 단어가 가족을 조금씩 물들여 버리는 것일 수도 있기 때문이다.

모두에게 딱 맞는 사람은 없다. 친구도 배우자도 가족도 마찬가지다. 더욱이 나조차도 나를 잘 모르는 삶인데 타인이 나와 잘 맞는다는 것은 불가능에 가깝다. 모든 관계는 완벽할 수 없다. 완벽하지 않다는 것을 인정하고 맞춰가는 삶이 행복에 가까운 삶이다.

시간이 지나 관계에 후회하는 삶을 살지 않기를,

더 받지 못해 후회하는 삶이 아닌

더 주지 못해 아쉬워하는 삶을 살기를.

가족은

나의 안식처고 내 사람들이라는 것을 기억하고

더욱 사랑하기를.

진정한 행복은 가족에서부터 시작하니

나의 행복을 나눌 수 있는 삶을 살기를.

애정이 넘치고

아름다운 추억이 많은

행복을 자주 만든 인생을 걷기를.

힘들거든

언제든 오세요

마음을 담았습니다.

조금은 서툴고 어리숙해 보여도

섬세하고 꼼꼼하게 준비한 차입니다.

마음 편히 오셔서 마셔도 좋고,

마음이 무겁다면 그대로 오셔서

그 무게 이곳에 떼어 놓고 가셔도 좋습니다.

그대의 마음이 편안하도록

향기 그윽한 차를 준비하겠습니다.

어떤 옷차림이든 신경 쓰지 마세요.

당신은 이 특별한 차를 마시기에

충분히 매력적인 사람입니다.

이 차 한 잔을 준비한

저의 마음을 맛있게 드세요.

그렇게,

자주 저에게 오세요.

힘들거든 언제든 오세요.

마음을 담은

차 한 잔 따뜻하게 내어 드리겠습니다.

행복의

종착점

우리는 늘 행복을 꿈꾼다.

지금, 이 시간이 행복이란 것도 모른 채.

시간이 흘러 지금 이 순간을

행복했던 시절이라고 말하게 될 줄 알면서도

행복해지고 싶다고 말한다.

그렇게 현재의 행복이

버스의 차창 밖 풍경처럼

물 흐르듯 사라져 간다.

당신은 행복을

좇고 있는가

잡고 있는가.

그저

좋은 사람 말고

자유롭게 날고 싶지만

날개가 꺾여 날지 못하는 새처럼

나의 날갯짓은 허우적대기만 했고

앞으로 나아가지 못했다.

날고 싶었지만

내 앞의 낭떠러지가 무서워

스스로와 타협하며

나아가다 물러서기를 반복했다.

나에게 필요했던 건

그럴듯해 보이는 외모가 아니라

내면의 건강한 정신과 굳건한 용기였다.

내가 신경 써야 했던 건

주위의 시선과 판단이 아니라

내 마음이 진짜 원하는 방향이었다.

그저 좋은 사람이 되고 싶어서

세상과 타협하며 불어오는 바람에 흔들렸다.

그렇게 온전한 나를 잃어버렸다.

나는 나로서 주변인이나 관찰자가 아닌

주인공으로 살아야 했다.

내 삶의 방관자가 아닌

주도자로 담대하게 살아야 했다.

착해지려 노력하지 마라.

사랑받으려 애쓰지 마라.

인생의 선택권은 나에게 있다.

나는 나답게 살면 된다.

그뿐이다.

진짜

내 사람

"좋은 사람이 남는 것이 아니라, 남는 사람이 좋은 사람이다"
라는 말이 있다. 삶에서 진짜 내 사람과 필요에 따라 나를 찾
는 사람을 구분해 내기는 힘들다. 관계는 상황에 따라 변하
기도 하고 함께했던 사람들이 한 시기를 지나면서 자연스레
멀어지기도 하니까.

그 와중에도 서로에게 치이고 상처받는다. 스스로를 잘 여미
고 마음을 닫아걸어도 관계에서 생기는 상처는 어떻게든 틈
을 비집고 들어온다. 그럴 땐 억장이 무너진다. 그래서 우리
는 물건뿐 아니라 관계 안에서도 진짜와 가짜를 구분해 내기

를 원한다.

내 사람인지 아닌지가 드러날 때는 좋은 일이 생겼을 때이다. 내게 일어난 좋은 일을 주위 사람들에게 알릴 때, 상대의 모습을 본다.

정말 잘됐다며 환하게 웃는 모습, 진심으로 축하해 주는 모습, 그 말간 얼굴을 보면 '아, 이 사람이 진짜 내 사람'이라는 걸 직감적으로 알 수 있다. 힘든 일이 생겼을 때 위로해 주는 사람은 쉽게 찾을 수 있지만 좋은 일이 생겼을 때 함께 진심으로 기뻐하는 사람은 드물기 때문이다.

아, 이 친구가 진심으로 함께 기뻐해 주는구나.
나의 기쁨이 너의 기쁨이구나.

말로 표현할 수 없을 만큼 환한 미소로 나에게 기쁨을 선사한다. 그럴 땐 이 사람이 진짜 내 사람이구나, 하고 느낀다. 함께 즐거워할 수 있다면 진정한 내 사람이라고 보아도 좋다.

* *

필요할 때만 찾아오는 관계가 아니라

즐겁고 행복할 때도 나를 찾아와

함께 미소 지을 수 있는 진짜 내 사람.

이런 사람은

내 인생에서 미뤄 두어서는 안 된다.

우리가 새긴

무늬

나는 가끔
누군가를 그리워하는 이 순간이
살아 있기에 가능하다고 믿는다.

꼭 무언가를 성취하기 위해 땀을 흘려야만
살아 있음을 느끼는 건 아니다.
그리움의 감정을 오롯이 느끼는 것만으로도
살아 있다고 느끼기에 충분하다.

누군가를 깊게 그리워하다가

홀로 울며 밤을 지새우기도 하고

예상치 못한 이별에 가슴 아파하겠지만,

그로 인해 삶에 또 다른 무늬가 새겨지리라.

서로 사랑하고 그리워하며

만들어진 인생의 굴곡은

뿌리 깊은 감정의 기억으로 남아

풍성한 행복의 밑거름이 된다.

다양한 사람을 만나며

한 명 한 명에게 마음을 다하다가도,

나의 인연이라 생각한다면

내 사람이라 여겨진다면

온 마음을 다해 믿어 주고

끝까지 끌어안아야 한다.

사람이 희망이라 한다.

인연이 행복이라 한다.

사람과의 관계는

그냥 스쳐 지나가는 풍경이 아니다.

추억을 곱씹으며 회상할 수 있는

오래된 사진처럼 귀한 것이다.

그러니

내 사람에게만큼은

위로가 되고

믿음이 되어야 한다.

잘 해낼 거예요

겁이 날 때가 많아요.
어느 한순간도
겁이 나지 않을 때가 없어요.

무언가를 시작할 때도
어떤 것을 마무리할 때도
조심스럽고 걱정이 돼요.

매번 겁에 질리기도 하고
뒷걸음치는 내 모습이

한심해 보일지도 몰라요.

그래도,

괜찮다고 말해 주세요.

우리는 늘 처음을 마주하게 되니까.

하늘 아래

같은 사람이 없고

같은 시간도 없으니

한심하다 생각지 말고

걱정된다 말하지 말고

용기를 주세요.

희망을 주세요.

사랑도 행복도 꿈도

다 겁나겠지만

잘 해낼 거라고 말해 주세요.

앞으로도

잘 나아갈 거라고.

안아 주고

싶다

당신의 차가워진 마음이

내 온기로 녹을 수 있게

따스하게 품어 안아 주고 싶다.

당신의 깊은 슬픔을

알 수도 없고 가늠할 수도 없지만

당신을 품어 안아 주고 싶다.

당신의 가슴이 저리게

당신의 온몸이 부서지게

그렇게 꼭 안아 주고 싶다.

아무 말 하지 않아도 된다.

그저 내가 그대를 안아 줌에

잠시 마음 한편 맡겨 놓으면 된다.

서로가 항상
살아 있도록

만나지 않으면 죽는다. 평생 함께할 거라 믿었던 사람도 만나지 않으면 죽은 사람이다. 아무리 막역한 사이라도 서로 연락하지 않으면 죽은 관계이다. 친구들과 허물없이 웃고 떠들던 시절, 한 친구가 이런 이야기를 꺼냈다.

"우리가 나이 들어 죽음을 앞두었을 때,
그때도 우리는 함께일까?"

모두 주저하지 않고 대답했다.

"당연하지."

"우리가 함께가 아니면 누가 함께겠어?"

하지만 이 확신은 인생을 얼마 살지 않은 소년들의 가소로운 다짐에 불과했다는 걸 깨닫는 데까지 그리 오랜 시간이 걸리지 않았다.

하나둘 이사를 가면서 서로 연락이 끊기기도 했고, 추구하는 바가 달라서 소원해지기도 했다. 새로 만난 친구들과의 우정이 옛 우정을 넘어서기도 했고, 별거 아닌 작은 일로 마음이 멀어지기도 했다.

끝까지 함께할 거라던 우리는 결국 서로에게 죽은 사람이 되어 갔다. 어렴풋이 한 녀석이 했던 이야기를 귀담아듣지 않은 우리였기에 이렇게 되지 않았을까. 그 녀석은 조심스레 혼잣말처럼 말했다.

"계속 만나려고 노력한다면……."

＊ ＊

그렇다.

노력하지 않았다.

살릴 수 있는 것이었는데,

결국 죽게 만들었다.

무슨 일이 생기더라도

계속 만났어야 했다.

인연이 끊어지지 않도록,

관계가 멎지 않도록,

서로에게 항상 살아 있도록,

우리는 노력했어야 했다.

그대만큼은

행복하길

너무 아파하지 말길.

너무 상처받지 말길.

숨이 턱 막혀 힘든 순간에도

모든 게 다 괜찮아지길.

그 어떤 모습이라도

그 어떤 곳에서라도

그대만큼은 행복하길.

그대여,

늘

행복하세요.

삶을 흘러보내지

않으려면

혹시 예전의 시계가 지금보다 더디 흘러가는 걸 인정하나요? 어린 시절보다 나이가 든 지금의 하루가 스치듯 빨리 지나가는 것에 동감하시나요. 나이가 들면서 삶이 쏜살같이 지나가는 경험은 누구나 하게 됩니다. 10대를 경험한 20대가 그렇고, 30대를 경험한 40대가 그렇듯이 나이가 들어가면서 시간이 더 빠르게 흐르는 것처럼 느껴지지요.

그 이유는 새로울 것 없이 하루가 반복되기 때문이라고 하더군요. 특별한 사건 없이 유유히 흘러가는 하루에 익숙해져서 그렇다고요.

생각해 보면 그랬던 것 같습니다. 어릴 적 우리는 모든 것이 새로웠죠. 처음 해 보는 일투성이였고요. 아직 경험해 보지 않은 일이 더 많았을 테고 해 보고 싶은 일도 많았을 테니까요. 새로운 것에 도전하려 애썼고, 사랑에 모든 것을 걸어 볼 수도 있었지요.

반면, 어른이 되면 새로울 일이 크게 없어요. 처음 해 보는 일도 많지 않을 겁니다. 넘어지고 깨지고 많은 일들로 상처받아 새로운 일에 도전하기가 더 조심스러워졌죠.

그렇다면 지금의 삶이 쏜살같이 지나간다고 아쉬워할 게 아니라 새로운 일에 도전해 보는 건 어떨까요. 거창할 필요는 없습니다. 작은 것부터 새로운 것을 경험해 보면 하루가 더디 가지 않을까요. 해외로 떠나지 않더라도 아직 못 가본 국내의 아름다운 곳을 찾아 떠나거나, 똑같은 음식이라도 산지에서 먹거나, 새로운 취미를 시작해 본다면 하루가 길어지지 않을까요.

하루를 흘려보내지 않으려면 더 다양한 경험을 할 수 있는 용기를 내야 해요. 그저 흘러가는 대로 시간에 나를 맡기면 인생이 너무 아까울 거예요.

좀 더 민감하게 세상에 반응했으면 합니다. 시시각각 변하는 하루가 아주 빠르게 지나가고 있어요. 한순간도 놓치지 말고 꼭 붙잡고 느껴 보았으면 좋겠습니다.

문 앞을 나서 걸어가는 길에 큰 나무가 있다면 한번 살펴보세요. 그 나무는 수십 년간 그 자리에 서 있었지만 우리가 관심을 주기 전까지는 어떤 의미에서는 죽은 나무였어요. 간혹 아스팔트 사이에 삐져나온 잡초라도, 항상 무심히 지나치던 화단이라도 우리가 바라봐 주고 관심을 가지면 살아 있는 것이 됩니다.

※ ※

그렇게 살아 있는 것이 많아지면
우리의 하루도 조금 더 길어질 거예요.

젊은이가 새로운 것을 경험하지 않고
쳇바퀴 돌듯 의미 없이 하루를 보낸다면
죽어 가는 삶이에요.

노인이라도 처음 시도하는 것에 설레고
경험하지 못한 것에 도전한다면 살아 있는 삶이에요.

내 삶을 그저 시간이 흘러가는 대로
흘려보내지 말아요.
나라는 샘의 물줄기가 뻗어나갈 수 있도록
모험을 해요.

모험하고 도전하며 많은 경험을 한다면
풍성한 삶의 꽃을 피울 수 있을 거예요.

마음을

거둬야 할 때

어디까지 배려하고 이해해야 하는 걸까.

언제까지 나만 비루하고 남루해져야 하는 걸까.

상대를 이해하려 노력했던 내 소중한 마음이

아깝다는 생각이 드는 순간이 있다.

그래서,

내 선의를 이용하는 사람에게는

내 마음을 거두기로 했다.

애써 혼자 이해할 필요가 없다는 걸

관계는 혼자 노력해서 되는 게 아니라는 걸

나의 수고로운 마음이 물거품이 되자 깨달았다.

상대가 나의 귀한 마음을

허투루 생각한다는 걸 알게 된 순간,

내 마음을 거두기로 했다.

너는 지금

잘 살아가고 있다

"너는 지금 잘 살아가고 있다."

누군가 진심 어린 말로
이렇게 이야기해 주면 힘이 날 텐데,
일상에서 듣기 참 힘든 말이지요.

그럼에도 "너는 지금 잘하고 있다"는 말을
듣고 싶은 날이 있습니다.

나는 충분히 괜찮은 사람이라고

충분히 잘 살아가고 있다고
스스로 토닥이고 위로해 보지만
누군가에게 듣고 싶은 날이 있습니다.

당신은 정말로 잘 살아가고 있다고,
있는 그대로 멋진 삶이라고.

아무리 얼룩져 보이는 인생이라도
비바람이 치는 삶의 한가운데에 있더라도
이야기해 주고 싶습니다.

잘 버티고 있는 거라고
아름다운 삶이라고
꼭 그렇게 말해 주고 싶습니다.

"당신은 지금 잘 살아가고 있다고."

기대어

살아간다

누군가에게는

그저 그런

별다른 것 없는

비슷한 말이겠지만,

누군가에게는

위로가 되고

치유가 되며

삶의 힘이 되기도 한다.

가끔은

평범한 말 한마디에

눈물을 쏟는다.

아픔을 털어낸다.

그렇게 말 한마디에

우리는 기대어 살아간다.

순간이

영원이 될 때

나를 온전히 내어 주면서 이야기하던 시간이 대부분 사라졌다. 점차 고립되어 가고 있었다. 내 대화의 주제는 상대가 누구냐에 따라 달라졌다. 회사에서는 무언의 치열한 경쟁 속에 시달리면서도 그 안에 섞여 들어가 미소를 띠며 살아남기 위해 고군분투했다.

그 안에서 내 이야기는 꺼내지 않았다. 그저 회사 일에 관한 이야기만 했다. 마음은 멍들어 갔고 간간이 만나는 모임들은 적적함을 달래려는 방편일 뿐, 근본적인 외로움은 가시지 않았다.

나이가 들수록 만남은 세분화되고 이야기할 수 있는 폭이 좁아져 갔고, 나라는 사람이 어떤 사람인지 잊혀 갔다. 사람들은 나이가 들수록 외로워진다고 했지만 난 어릴 때부터 형제가 없고 혼자였기에 늘 외로웠다.

내 외로움을 달래 주던 건 다름 아닌 친구들이었다. 함께할 때면 늘 나를 충만하게 채워 주던 존재들. 닭장 같은 학교 건물 속에서 함께 생활하던 사이였기에 비슷한 생각과 고민을 함께 나눌 수 있었다. 놀고 싶은데 공부가 발목을 잡았고 시험 기간, 취업 준비, 영어 공부, 연애 등 다 같은 범주 안의 비슷한 고민이었으니 쉽게 공감하고 나눌 수 있었다.

추억은 힘이 세다. 함께한 시간과 기억 속에 저장해 놓은 사건들이 많을수록 외로움을 달랠 수 있는 시간의 폭이 넓어진다. 함께한 추억이 없으면 인연을 지속하기 어렵다.

그래서 삶의 첫 장에서 만난 인연들이 어쩌면 가장 중요한 인연일지도 모른다는 생각을 한다. 가능하면 친구들을 소중히 여기고 싶다. 함께한 추억이 많은 친구들을. 그 추억이 별 의미 없고 시답잖은 기억일지라도 함께 공유한 시간과 기억은 삶을 빛나게 해 주는 보석과도 같다.

그러니 추억을 놓치지 말고 소중히 품고 살아야 한다. 각자가 다른 삶을 살아가며 각기 다른 외로움을 느끼고 세상 속에서 지칠 즈음, 가끔씩 함께 만나 추억을 곱씹으며 외로움을 달래야 한다.

추억을 만들어 가자. 친구와의 시간도 좋고, 상대에게 푹 빠져 많은 것을 함께하는 연애도 좋다. 늘 함께 살아가고 있지만 무덤덤한 부모님과도 시간을 많이 보내야 한다. 서로 취향을 탐색하고 서로의 삶을 인정하며 즐겁고 행복한 시간을 보내야 한다. 결국 그 시간이 추억이 되어 서로의 외로움을 달랠 것이다.

나는 오래된 친구들과 추억을 나눈다. 먼 훗날 각자 어떤 삶을 살게 될지는 모르겠지만 함께 만나 서로에 대해 이야기하

고 추억을 공유하는 순간, 나는 외로운 사람이 아니라 지난
날 즐거웠던 그 순간의 내가 된다.

당시 내가 몰랐던 이야기를 나누며 신기해하고 부서진 조각
들을 맞춰가며 즐거워하는 시간이 고맙다. 결국 각자의 자리
로 돌아가 피할 수 없는 외로움을 또다시 마주하겠지만 서로
의 외로움을 지켜보고 다독여 가는 소중한 인연을 계속 지
키고 싶다.

서로의 추억 속에,
서로의 기억 속에,
서로의 삶 속에 조용히 숨어 있다
만나면 다시 살아나는 순간이 너무나 좋다.

아직은

괜찮다

소스라치게 추운 계절을 보내다 문득,
길옆 화단에서 작은 새싹을 발견한다.

이제 봄이 오는구나 싶어
벚꽃, 봄바람, 봄노래,
봄의 느낌을 스치듯 기억해 낸다.

아, 이렇게 추운 겨울에도
살랑살랑한 봄을 생각하다니
나는 아직 괜찮은 거구나.

더 이상 나아질 게 없다고 생각했는데

나는 아무것도 아니라고 자책했는데

살아갈 만한 작디작은 힘은 있는 거구나.

그래, 아직은 괜찮다.

비는

당신을 위해 운다

집 밖으로 나가기 싫은 오늘, 현관문을 열었을 때 펼쳐지는 풍경이 보고 싶어 잠옷 바람에 손잡이를 돌려 빼꼼 밖을 바라본다. 어제와 다를 게 없어 보이는 풍경이라도 가끔 매료되는 날이 있다. 매번 같은 시간에 현관 밖을 바라보는 건 아니기에 살짝 설레기도 한다.

오늘이 그랬다. 해가 제 할 일을 다 하고 숨어 버리기 한두 시간 전 주황빛이 온 세상을 덮는 그 시간, 그 따뜻함에 '아' 하는 감탄이 절로 흘러나왔다. 딱딱하기 그지없는 아파트 외벽도, 앙상한 가지가 달린 나무도, 차가운 쇠붙이 자전거도 주황빛 온기가 스며들겠구나.

오늘은 그렇게 문밖의 풍경에 위로를 받았다. 어쩌면 지독한 감기에 걸린 탓에 자연이 주는 따뜻함이 더 크게 다가왔을지도 모른다. 우리는 시간이 흐르며 다양한 모습으로 변하는 계절과 날씨에 여러 감정을 느낀다. 그리고 일상의 나날과 풍경들은 때때로 큰 위안으로 다가온다.

어떤 이는 외로움을 달래기 위해 멀리 여행을 떠나 깊이를 알 수 없는 바다를 하염없이 바라보기도 한다. 또 누군가는 아무 생각 없이 산에 올라 햇볕을 머금은 산과 그늘에 가려진 산의 조화에 마음을 두기도 한다. 이렇듯 우리는 늘 그 자리에 있는 풍경에서 위안을 얻는다.

수많은 사람과 관계를 맺고 살아가는 우리는 그 속에서 많은 상처와 아픔을 겪지만, 결국 사람에게 위안을 얻고 곁에 누군가가 있어야 마음의 안정을 얻는다. 마음에 생긴 생채기와 군데군데 뻥 뚫린 구멍을 메우기 위해 누군가의 토닥임도 필요하다. 그렇게 우리는 사람들과의 관계에서 외로움을 달래기도 한다.

하지만 타인과의 만남에서도 다 채워지지 않는 마음 한구석은 어떻게 달래야 할까. 그저 한결같고 과묵한 자연 속에서, 나의 시선이 머무르는 일상의 풍경에 마음을 놓아 보는 건 어떨까. 떨어지는 낙엽을 보며 '너도 청춘의 기억을 하나둘씩 잃어버리는구나' 공감하고, 따스한 햇볕을 맞으며 내 삶의 따뜻한 시절을 떠올릴 수 있을 것이다.

크게 보면 별다른 것 없는 일상의 풍경일지 몰라도 가만히 들여다보면 한 번도 같지 않았다. 삶이 쳇바퀴 돌듯 똑같이 흘러가는 것처럼 보여도 완전히 어제와 같을 수 없는 오늘처럼 말이다.

그 오늘이 힘들고 지치고 아프다면 그동안 미처 발견하지 못했던 일상의 모습에서 작은 위로를 찾아보는 건 어떨까.

해는 당신을 환하게 비춰 주고,

비는 당신을 위해 울어 주고,

밤은 당신의 이야기를 조용히 들어 준다.

온전히 헤아릴 수는

없겠지만

누구도 함부로 당신의 아픔을 이해한다고 입 밖으로 꺼내서는 안 된다. 타인의 아픔을 충분히 이해하는 거 같아도 막상 당사자 입장에서는 그렇지 않은 경우가 대부분이니까. 나이가 많다고 또는 그 사람이 겪고 있는 어려움을 경험해 보았다고 다 아는 것처럼 이야기해서도, 시간이 지나면 다 지나갈 거라고 쉽게 치부해서도 안 된다.

여느 때와 별다르지 않은 회사의 회식 자리. 직위 높은 사람들이 먼저 자리를 잡으면 그 뒤에 남은 직원들이 눈치 보며 자리를 잡는다. 신입사원들은 분주하게 움직인다. 빈 잔을

채우고 빈 접시의 밑반찬을 추가하면서도 끊임없이 상사의
이야기에 반응한다. 그렇게 시간이 조금 흘렀을까. 옆 테이블
에 앉은 과장이 후배의 이야기를 들어주자며 분위기를 만든
다. 힘든 거 없냐면서 신입사원들이 입을 열게끔 부추긴다.

멋모르는 신입사원은 정말 솔직하게 자기 이야기를 꺼내기
시작한다. 이런 점이 어렵고 힘들다고. 하지만 다 배우는 시
기라고 생각하기에 열심히 하겠다고.

말이 끝나기가 무섭게 과장이 입을 연다. 나도 다 겪어 본 일
이다. 그 시기만 지나면 이겨낼 수 있다. 그 문제는 이렇게
생각하면 쉽고, 그 걱정은 이렇게 행동하면 다 해결될 거라
고……. 그렇게 연설이 마무리되어 갈 때쯤 부장이 대뜸 얼큰
하게 취한 목소리로 말했다.

"모 과장, 넌 죽었다 깨어나도 몰라. 신입사원의 고충을 우리
가 어떻게 알겠어? 똑같은 업무라도 업무와 관계되어 있는
사람이 다르고 시간이 다르고 계절이 다른데. 그 외에도 수

만 가지가 다른데! 그냥 듣기나 해. 술 한 잔 따라주면서 들어주는 게 도와주는 거야."

과장의 긴 경험담과 해결책보다 부장의 짧은 말이 내 가슴을 후벼 팠다. 맞다, 우리 모두의 삶과 아픔은 모두 다른 모양이다. 그날 이후로 내가 겪어 봐서 안다고, 난 너보다 더 힘들었다고, 다른 사람들도 다들 힘들게 산다는 이야기는 그만두기로 했다.

나는 당신의 어려움을 온전히 이해하지 못한다. 그렇지만 차 한 잔에 조금 쉬어 갈 수 있는 여유를 건네고 싶다는, 진심 어린 말은 건네고 싶다.

당신의 힘듦을

온전히 헤아릴 수는 없겠지만,

정말 수고했다고.

쓰러지지

않게

가끔 너무나 멀쩡하게 잘 살고 있는 내 모습이 놀랍다. 분명 사람들에게 상처받고 예상치 못한 일들로 스트레스를 받고 있는데도 어떻게 이렇게 두 발을 땅 위에 단단히 딛고 잘 살아가고 있는지 신기하다. 이렇게 계속 지내다 보면 분명 무너지는 순간이 올 텐데 나는 왜 오늘도 아닌 척, 괜찮은 척 하루를 꾸역꾸역 버텨 내고 있는 걸까.

나뿐만이 아니다. 다들 안 그런 척, 씩씩한 척하며 살아간다. 어쩜 다들 힘든 내색 하나 없이 즐겁게 살아가고 있는 걸까. 분명 지치고 한계에 부딪혀 무너지는 순간이 있었을 텐데…….

사람의 마음에는 보이지 않지만 한계점이 존재한다. 담아내
는 것도 참아 내는 것도 뭐든지 적당히 해야 한다.

버티다 버티다 마음의 한계점에 다다르지 않도록 그 전에 스
스로를 풀어주어야 한다. 한 번쯤 멈춰 서서 쉬어 갈 수 있도
록, 고생한 나에게 미소를 지어 줄 수 있도록, 스스로를 토닥
이며 잘했다고 응원할 수 있도록.

* *

멀쩡해 보이지만 멀쩡하지 않은 우리 자신을 위로하자.
웃고 있지만 울고 있는 마음을 토닥이자.
행복해 보이지만 먹먹한 내 마음을 다스리자.

쓰러지지 않게,
끝에서 무너지지 않게,
스스로에게 마음을 쓰자.

온

마음으로

사랑, 진정한 사랑은 무엇일까.

누군가는 사랑을 '설렘'이라 한다.

또 다른 누군가는 오래된 사랑이야말로

진정한 사랑이라 한다.

익숙함에 속아 소중한 사랑을 잊지 말라고 한다.

모두 틀린 말은 아니다.

사랑에 대한 정의는 다 다를 수밖에 없다.

사랑은 이토록 여러 모습으로 우리를 찾아오니까.

사랑은 단편적인 것이 아니다.

밀려오고 휩쓸려 간다.

다가오고 멀어진다.

넘치기도 하고 부족하기도 하다.

복잡하고 미묘하게 오고 가는 것이 사랑이다.

행복하고, 아름다운 사랑을 만들어 가기 위해

우리는 늘 사랑을 향해 열려 있어야 한다.

마음을 진솔하게 표현해야 한다.

사랑은 쉽게 완성되지 않는다.

늘 사랑의 감각에 열려 있는 이에게

진정한 인연의 기회가 주어진다.

사람이 항상 옆에 있어도

노력하지 않으면 발견할 수 없듯이

우리는 늘 사랑을 향해 서 있어야 한다.

그 감정을 잡기 위해 온 힘을 써야 한다.

쉽게 찾아오는 사랑은 없다.

쉽게 얻어지는 사람도 없다.

상대에게 충실하고, 다정하며

흔들리지 않는 사랑을 지키기 위해

온 마음을 다해야 한다.

온 정성을 기울여야 한다.

chapter 4.

무엇을 하더라도

즐겁기를,

몰입의 즐거움을
안다는 것

인생을 성장시키는 사람들을 만나볼 때 대부분 가지고 있는 것이 하나 있었습니다. 바로 '몰입'입니다. 책을 쓰고 다양한 사람을 만날 기회가 늘어나면서 행복한 사람들을 살펴보았고 그들의 공통점이 바로 몰입의 즐거움을 안다는 것임을 발견했습니다. 소위 성공했다는 사람들의 대부분은 본인이 집중하고 몰입하는 일에 대해서는 지루해하거나 힘들다는 내색을 하지 않았습니다. 당연히 해야 할 일이고 그 일에 대해 책임지며 성장할 수 있다는 믿음을 제게 내비쳐 보였습니다.

언젠가 영상 콘텐츠에서 방송인 홍진경 씨가 메가스터디의

손주은 회장에게 어떤 것에서 만족감을 느끼냐고 물었던 것을 본 적이 있습니다. 성공의 반열에 올랐고 부족함 없는 그의 대답에 저는 매우 크게 공감했었죠.

"몰입의 평화와 성취감이 나를 존재하게 한다."

어떤 일에 몰입을 하고 그 몰입의 성취감을 크게 느낄 줄 아는 사람은 굉장히 행복한 사람이라고 생각합니다. 한 연구에서는 소유 소비보다는 경험 소비가 훨씬 더 큰 행복감을 준다고 했으니까요. 어딘가에 몰입하고 그 몰입을 통한 성취감을 느끼는 것, 즉 경험이 우리를 훨씬 즐겁게 한다는 사실입니다.

어려운 것도 알고 있습니다. 우리에게는 수많은 방해 요소가 넘쳐나죠. 각자의 방해 요소는 모두 다르겠지만 그 요소들을 뒤로하고 무언가에 집중하고 있는 당신의 모습이 너무나도 멋지다는 사실을 안다면 몰입의 즐거움으로 향하는 데 조금은 도움이 되지 않을까 생각도 해 봅니다.

인생이라는 시간은 생각보다 길어요. 그런데 어떻게 쓰느냐에 따라 길다고 느껴질 수도 있고 짧다고 느껴질 수도 있죠. 나이가 들면서 인생이 짧다고 느끼는 이유 중 하나는 경험의 차이라고 합니다. 많은 경험을 통해 새로운 자극이 생기지 않으니 어제와 오늘이 비슷하다고 느끼고 그 비슷함을 통해 같은 날의 반복이 새로운 추억을 만들지 못하게 하는 거죠. 즉 추억이 많고 경험이 많아질수록 하루하루는 즐겁고 인생은 길어지는 마법을 경험할 수 있는 겁니다. 성공을 이룬 부자들이 경험 소비를 추구하는 이유가 여기에 있습니다.

어릴 적에는 수없이 많은 새로운 경험과 다양한 사람과의 만남을 통해 다양한 자극을 느꼈고 그 추억으로 지금까지 우리는 웃고 행복한 이야기를 나눌 수 있는 것처럼, 이미 인생을 많이 살았다고 생각하는 누군가가 있다면 경험을 통해 몰입의 즐거움을 만들어야 합니다. 나이가 어리다면 더욱 좋죠. 경험할 기회를 훨씬 더 많이 만들 수 있으니까요. 나이가 많든 적든 새로운 경험을 하기 위해 움직여야 하는 것이 중요할 겁니다.

그럼 몰입의 경험과 즐거움을 실천할 수 있는 가장 좋은 때는 언제일까요? 바로 지금 이 순간입니다. 지금 이 자리입니다. 바로 오늘입니다. 너무나 소중하고 가치 있는 지금을 무의미하게 흘려보내지 말아 줬으면 좋겠습니다. 누구나 다 아는 사실을 수많은 사람이 계속해서 말하고 상기시키는 이유는 명확하니까요. 꼭 찾으셔야 합니다. 당신의 인생이 무의미하게 흘러가길 원하지 않는다면요. 당신의 삶이 유의미해지길. 삶의 끝에 웃음 지을 수 있길.

걱정하지 마세요. 할 수 있습니다.

잘될 수 있습니다.

잘될 겁니다.

하는 일마다.

그냥

좋은 사람

'그냥'이라는 말에는
수많은 이야기가 뒤따른다.

그냥 좋다거나
그냥 마음이 간다거나
그냥 편안하다는 이야기는
그냥 성립되지 않는다.

그 사람이 그냥 좋다는 말은
수많은 이야기가 모여야

입 밖으로 나올 수 있다.

그저 한 번의 만남으로

그냥 그 사람이 마음에 든다, 라고 할 수 없다.

보이지 않는 수많은 끈을

서로에게 단단히 묶고 난 후에야

'그냥'이라는 말을 쓸 수 있다.

서로를 배려하는 마음의 끈

상대를 존중하는 존경의 끈

감사가 담긴 사랑의 끈들이

얽히고설켜 풀 수 없을 정도가 될 때

비로소 '그냥'이라는 말을 쓸 수 있다.

그 수많은 이야기를 담은

'그냥'이라는 말을

진심으로 쓸 수 있는 누군가가 있다면

성공한 인생이라 할 수 있지 않을까.

당신이 좋다.

그냥 좋다.

툭툭 털고

일어나요

아파하지 말아요.

우리는 끝날 운명이었고

되돌린다 해도

또다시 관계를 되풀이하다

절망적인 결말을 맞았겠죠.

관계라는 게 그렇잖아요.

만남이 있으면 헤어짐도 있는 것.

서로에게 상처를 주다가도

어루만져 메우고

또다시 아픔을 반복하는 것.

우리는 오랫동안 다른 삶을 살다가
우연히 만나 서로에게 끌린 존재이기에
시간이 지나면 힘들어지는 게 당연해요.
사람이 같을 수는 없잖아요.

죽을 만큼 아픈 사랑도 없고
살아내기 힘든 슬픈 사랑도 없어요.
아픔도 시간이 지나면 흐릿해져요.
그저 흘러가는 대로 툭툭 털고 일어나야 하죠.

저도 그래야겠지요.
아프더라도 참아 봐야겠지요.
당신이라는 사람은 내 세상에 없겠지만
없다고 나의 세상이 사라지진 않을 거라 믿어요.

그러니 당신도

슬퍼하지 말고, 외로워하지 말아요.

그저 한 번 휘몰고 간 태풍인 양

마음을 추스르고 행복해져요.

세상 그 어느 것도,

흘러가지 않는 건 없어요.

그러니, 툭툭 털고 일어나요.

그럴 수 있어요

다 알아요.

그대 아픈 거

그대 외로운 거

그대 슬픈 거

그만 참아요.

그대 힘듦

그대 상처

그대 눈물

괜찮아요.

그대 사랑

그대 가족

그대 자신

그대 우습지 않아요.

그대 바보 같지 않아요.

그대 처량하지 않아요.

그렇게 살아가요.

모두가 그렇게 다.

당신처럼.

떠나보내요.

그만하면 되었어요.

정말

괜찮은가요

괜찮으십니까.

정말로 괜찮은 건가요.

목표가 어렴풋이 보이지만

손에 닿지 않아 어렵지는 않은가요.

건강을 챙기기 어려운 하루와

어깨에 짊어진 삶의 무게를

간신히 버티고 있지는 않으십니까.

당신이 괜찮다면

저 또한 괜찮을 것 같은데

정말로 괜찮으십니까.

괜찮다고 이야기해 줄 누군가가

곁에 있으십니까.

혹시

누군가 건네는 안부가

진심 어린 말처럼 들리지 않나요.

괜찮냐고 묻고 싶습니다.

당신의 삶 깊숙한 곳으로 걸어 들어가 묻고 싶습니다.

당신이 "정말로 괜찮아진 것 같습니다"라며

담담히 웃으며 말할 수 있을 때까지

진심을 다해 묻고 싶습니다.

괜찮냐는 나의 물음이

당신의 마음으로 잔잔히 흘러 들어가

"괜찮을 수 있을 것 같습니다"라고

행복하게 미소 지으며 말할 수 있을 때까지

적셔졌으면 좋겠습니다.

정말로 괜찮으십니까.

오직

나를 위한 시간

온몸이 피곤하다고 아우성친다.

침대에 눕자마자 잠들 거라 확신했지만

정신은 오히려 말똥말똥하다.

또 온갖 잡념에 휩싸인다.

자자, 얼른 자자.

내일 일찍 일어나야 한다,

스스로를 다그쳐도 소용없다.

이 생각 저 생각 하염없이 쏟아져 잠을 방해한다.

그렇게 얼마나 흘렀을까.

결국 무거운 몸을 이끌고 거실로 나온다.

소파에 몸을 기대고는 멍하니 있는다.

시계를 보니 이미 열두 시가 넘은 새벽이다.

조용히 홀로 거실에 앉아 있다가

이 시간은 오롯이 나 자신을 위해 쓰기로 한다.

미뤄 둔 일이나 챙겨야 할 것을 뒤로 하고

그냥 지금 이 시간만큼은

내가 하고 싶은 대로.

몸은 생각하지 않기로 한다.

라면을 끓여 먹고 싶어졌으니까.

새벽에 먹는 라면이 엄청나게 맛있다는 걸

한 번 더 확인하고 흐뭇해하는 나 자신을 발견한다.

좋아하는 재즈를 틀고

거실에서 이리저리 몸을 흔든다.

이런 내 모습이 우습기도 하지만

남들이 보면 뭐라고 말할까, 하는

쓸데없는 걱정은 접어 둔다.

글도 끄적여 보고

아무 책이나 꺼내 읽어도 보고

옛 사진들을 꺼내 보기도 한다.

꽤 오랜 시간이 지나고

그 밤 한가운데

내일이 문득 걱정된다.

늦잠을 자면 어쩌지,

내일 일정에 지장을 주면 어떡하지,

이 시간까지 난 왜 이러고 있을까.

그래도 이내 괜찮다, 괜찮다

나를 토닥인다.

하루 정도는

나에게 주어진 소중한 밤을

즐길 자격은 되니까.

야심한 밤이지만

내가 좋아하는 것들을 했으니까.

오직 나를 위한 시간을 만든

내가 대견하다.

남 눈치 보지 않고 내가 원하는 대로

작은 행복을 만끽하는 시간도 필요하니까.

드러내기로

했다

이리저리 끌려다니는 내 모습.

불필요한 관계 속에서 소모되는 우리 모습.

이리저리 사람들 손에 끌려다니는 나를 발견한다.

마음은 일그러져 엉망진창이 되어 가고

송장처럼 몸만 이리저리 휘둘려 나다닌다.

이유가 뭘까.

누군가에게 늘 좋은 사람으로 비치고 싶은

착한 아이 콤플렉스 때문일까.

타인에게 인정받지 못하는 걸 두려워하는

인정 욕구 때문일까.

언제부터인가 나는

아주 조금이라도

내가 생각하는 바를 드러내면

다른 사람이 상처받지 않을까 고민했다.

관계가 끊어지면 어쩌나 두려웠다.

그러다 보니

불필요한 관계에서도 소모되어

그 안에서 활활 타고 사라져 버린

나를 발견했다.

상처만 깊숙이 남았다.

드러내지 않아

외로워져 갔다.

오해만 쌓여 갔다.

그래서

표현하기로 했다.

내뱉기로 했다.

이제는

남에게만큼 나에게도,

좋은 사람이고 싶어서.

잘못 든 길은

지도가 돼

나에게 삶이란 길은
곧게 쭉 뻗은 길이 아니었다.
불안한 길의 연속이었다.

내가 걸어가는 이 길이
곧게 뻗은 길처럼 보여도
지나고 돌아보면
풀들이 무성한 오솔길이었다.

그렇다고 해서

나의 길과는

다른 모양의 길을 걸어가는 이들이

부럽지는 않았다.

나의 길과 그들의 길이

다른 것뿐이라고 생각했다.

사람은 모두 저마다의 길이 있다.

저마다의 길에 어떤 의미를 부여하느냐에 따라

삶이 아름다워 보이기도 하고 시시해 보이기도 한다.

당신과 달리 가고 있는 사람들이 부럽다면

그들이 더 깨끗한 길로 빠르게 간다고 느껴진다면

실제로 당신의 길이 그들보다 더 길고 험할 수도 있다.

하지만 더디게 가는 인생길이 나쁜 길은 아니기에,

남들은 당신의 길에서 만든 추억과 행복을 모르기에,

다른 길과 비교하며 낙담하고 의기소침할 필요 없다.

나는 좁고 험한 오솔길을 걸어가고 있지만

이 길도 따져 보면 재미있는 길이다.

모든 인생이 빠르게 가면

단조롭고 슬프지 않은가.

그러니 같이 더디게 가자.

남들보다 조금 더디게 간다고

인생이 바뀌거나 삶이 송두리째 뽑히지는 않으니까.

다람쥐는 빠르게 목적지를 향해 가겠지만

달팽이도 느리지만 결국 목적지에 도착한다.

더디게 더디게

삶의 여유를 찾으며

그렇게 우리 같이 가자.

행복할 수 있어.

그래, 충분히 행복할 수 있어.

정말로 행복할 수 있어.

별일 아니니까.

지금 살아 있는 것 자체도

눈을 뜨고 걸어 다니는 힘이 있다는 사실도

무너지지 않았다는 증거니까.

정말로 별일 아니니까.

행복할 수 있어.

행복하다 생각하면 되는 거야.

부끄럽거나 좀 모자라게 보이는 거

남들이 나를 보고 뭐라고 이야기하는 거

시간이 지나면 모두 다 사라질 테니까.

다 별일 아닌 게 될 테니까.

전혀 상관없는 일이 될 테니까.

행복할 거야.

잠깐 쉬면서 숨을 고르는 거니까.

다시 일어서는 중이니까.

걱정하지 마.

충분히 행복할 수 있어.

정말로 행복할 거야.

마음이

쉬어 가는 곳

고즈넉한 곳이 좋다.

고요하고 아늑한 곳.

감당하기 힘들 만큼 쏟아지는 정보와

나와는 너무 다른 사람들.

남들이 만들어 놓은 잣대를

신경 쓰고 살아가기에

도피처가 필요한 것일까.

그저 나를 가만히 돌아보고

스스로를 위로해 줄

나만의 고요하고 아늑한 곳이

절실히 필요해졌다.

세상살이에 세심하게 귀 기울인 탓일까.

변하지 않는 일상에 구속된 탓일까.

어디에도 둘 곳 없어진

안타까운 마음만 커져

정처 없이 휘둘리는 마음을

다잡아 줄 공간이 필요해졌다.

따뜻한 공간

나른한 공간

어느 곳이든 그런 공간이면

내 마음 쉬이 내어 주며 미소 지을 수 있을 텐데.

온전히

같을 수 없기에

우리는 주위 사람들이 힘들어하는 모습을 자주 본다. 어떤 상황에서든 내가 아끼는 누군가가 아파하는 건 힘든 일이다. 그럴 때 우리는 당신의 마음을 안다고 위로한다. 나도 그 상황을 겪어 봤다고, 공감한다고.

하지만 상대가 처한 상황과 내가 겪은 상황이 정확히 일치할까? 그렇지 않다. 고통을 받고 있는 타인이 겪은 시간과 공간, 장소는 내가 겪었던 것과는 분명 다르다.

친한 친구가 인간관계로 힘들어하는 모습을 볼 때 우리는 보통 어떻게 위로의 말을 건네는가. 네 어려움을 이해한다고, 나도 인간관계로 힘들어 봤다고 위로한다. 과연 그 상황에서 친구는 위로를 받았을까. 이 질문에 대한 답은 힘들었던 사람은 알고 있을 것이다.

누군가에 대해 다 안다는 식의 이야기는 위험하다. 실제 상황을 경험해 본 게 아니라면 모르는 게 맞다. 그렇기에 모든 아픔도 기쁨도 함께할 수 있다는 말은 위험하다.

무엇보다 누군가에 대해 잘 안다고 말하는 것은 틀렸다. 나 자신도 모르는 나를 발견할 때가 있는데, 타인을 어떻게 잘 안다고 확신할 수 있을까.

버스 안에서 함께 바깥 풍경을 바라본다면, 그 행위야 같을 수 있지만 창밖을 보며 모두 다른 생각을 하듯 우리는 서로 온전히 같을 수 없다. 같은 공간에서 같은 영화를 보더라도 그 깊이와 울림이 같을 수 없는 것처럼 말이다.

우리는 모두 다른 삶을 살아간다.

시공간을 공유할 수 없기에

각자의 생각이 다르고 경험이 다른 것이다.

누군가가 나를 안다는 식으로 한 말들은 무시해도 좋다.

뒤에서 들리는 나의 험담도 귀 기울여 들을 필요가 없다.

세상 어디에도 없는 유일한 당신,

하고 싶은 대로 살아라.

세상은 당신을 평가할 수 없을뿐더러

당신의 인생을 눈곱만큼도 모를 테니,

쓸데없는 말은 개의치 말고

당신 원하는 대로 살아라.

안녕,

소중한 사람

내 삶에서

가장 아름다웠던 것을 물으면

당신과의 관계라고 답하고 싶다.

당신에게 보여 주었던 사랑보다

보여 주지 않았던 내 마음속의

무한하고 거대한 사랑을

그대는 알았을까.

그대가 사는 세상에

부족한 내가 들어가

경이롭고 눈부신 나날을 보냈다는 걸

그대는 알았을까.

혹여 나라는 사람으로 인해

그대가 더럽혀지지 않았기를,

누추한 나라는 세상에 실망하지 않았기를

빌고 또 빌었다는 걸 알았을까.

이제는 다시 만날 수 없는 우리가 되었지만

아주 조금이라도 나로 인해 행복했기를.

그대 인생에 나라는 사람이

좋은 기억의 한 장면으로 남아 있기를

간절히 바라고 바라본다.

놓으면

선명해지는 것들

손에 쥐고 싶은 것을 놓으라 한다.

헛된 욕심이고 허황된 꿈이라 한다.

이미 충분히 특별하고 대단한 사람이라 한다.

스스로를 인정하라고,

있는 그대로 충분하다고.

그래서, 놓았다.

내 것이 아니라기에

할 수 있는 게 아니기에

놓아 버렸다.

지금의 나를,
현실의 나를 인정했다.

놓고 나니 후련하더라.
마음이 선명해지더라.
원래부터 내 것이 아니었기에.

그냥 지금의 나를

사랑하기로 했다.

말하지 않으면

모른다

굳이 말하지 않아도 내 마음을 이해해 주기를 바라던 때가 있었다. 말로는 마음을 다 담기 어렵기에 굳이 다 표현하지 않아도 알아서 공감해 주기를 바랐다.

하지만 그게 가능할 리 없었다. 그래서 타인과 마음의 거리를 두기 시작했다. 오히려 아무 말도 하지 않는 게 상처를 주지도 받지도 않는 깔끔한 관계라 여겼다. 내 마음을 모두 전달할 수 없을 바에야 거리를 두는 편이 낫다고 생각했다. 그게 나를 지키는 법이라고 믿었다.

시간이 지나고 수많은 이들을 만나면서 깨달았다.

거리를 두는 게

상처를 더 키우는 일이었다는 것을.

나 스스로를 고립시키는 일이었다는 것을.

* *

상처를 많이 받아요.

그래요, 나는 소심한 사람이에요.

입을 닫고 있다고 해서

아무것도 모르는 게 아니에요.

상처받기 싫어서

말을 아끼고

거리를 두는 거예요.

아이야.

어떤 사람이든 자기 일에는 소심하단다.

모두 자신만의 상처를 안고 살아가지.

상처받지 않는 영혼은 존재하지 않아.

하지만

그 상처는 자기 자신만 알고 있단다.

네가 어떤 상처를 받았는지

사람들은 관심이 없어.

혼자만의 두려움일 뿐이지.

아이야,

두려움을 거두고 세상을 바라봐.

상처에 매몰되도록 너를 내버려 두지 마.

더 사랑하기로

했다

사는 동안 누군가가 그리워질 때가 있다.

사는 동안 누군가를 떠나보낼 때가 있다.

그들이 사는 세상에서

나는 어떤 모습으로 비쳤을까.

가끔은 그들에게 손을 내밀었고

때때로 그들에게 말을 건넸으며

웃음을, 행복을, 치유를 받았다.

지금은 어딘지도 모를 곳에 살고 있을,

나의 손을 잡아 주던 사람들은
행복하게 살아가고 있을까.
아름답게 살아가고 있을까.

그리워하면 할수록
떠나보내면 보낼수록
사랑을 알았고,
더 사랑해야 함을 알았다.

사는 동안 누군가를 통해
나의 모습을 되돌아보았고,
또 다른 누군가에게 손을 내미는 사람이 되었다.

그렇게 누군가를 흘려보내며

나는 조금 더

아름다운 사람이

될 수 있었다.

후회 없이

사랑하기

이기적일 필요도 있어.

무조건 상대를 품어 주는 것만 사랑일까.

사랑 앞에서 욕심을 부릴 수도 있잖아.

양보하는 사랑만 진짜 사랑이라고 단정할 수는 없어.

너다운 사랑을 해.

네가 하고 싶은 사랑을 해.

구질구질하더라도 자존심 같은 거 다 버리고

잡고 싶을 때 잡고 울어가며 매달려 봐.

욕심처럼 보여도 나를 위해 악착같이 챙기란 말이야.

내 사랑을 지키기에도 벅찬 세상이야.

꼭 너다운 사랑을 해.

언제부터 우리는 이해심 많은 사랑만 참다운 사랑이라고 여기게 되었을까. 상대를 위하고 존중하는 사랑만 인정받아야 하는 건 아니다. 내 마음이 원하는 대로 욕심부려 가며 아낌없이 표현하는 것도 사랑이다.

영화나 드라마에서 사랑을 지키기 위해 악착같이 노력하는 악역을 보면 마음이 갈 때가 있다. 그들도 분명 자기만의 방식으로 사랑을 표현하는 것이리라.

사랑에 후회를 남기지 않기 위해 최선을 다하는 거라고 생각할 수 있지 않을까. 훗날 미련 없이 후회 없이 원 없이 사랑했기에 아름다운 추억이었다고 말할 수 있지 않을까. 사랑에 후회를 남기지 않았으니 말이다.

남은 모든 것을 쏟아부어 마음이 너덜너덜해지더라도,
상처가 남고 꿰매어 흉터가 지더라도 괜찮다.

추운 날 포근한 천을 덧대어 튼튼해진 누빔 옷처럼
그 사랑은 우리를 강하게 만들어 줄 테니까.

탄탄한 실로 마음을 꼼꼼히 꿰어
야무진 옷으로 다시 태어나
세상에 나설 수 있을 테니까.

놓아주어도

괜찮다

아이야,

그 사랑 이제 그만 놓아주어라.

사랑이 영원하기를 꿈꾸지만

아픈 꿈으로 산산조각 날 때도 있고,

아름답던 겨울의 눈처럼 왔다 가도

흔적 없이 녹아 사라질 때도 있단다.

그의 모든 것이 떠오르겠지만

그와 있던 모든 곳이 아프겠지만

그래도 어쩌겠니,

이젠 그곳에 없는 사랑인걸.

시간에 기대어 살아가다 보면
풍성했던 초록 잎이 우수수 떨어지는 것처럼
함께했던 많은 추억도 그저 잊힐 테니
그냥 받아들이거라.

지금은 모든 것을 놓고 싶을 만큼
어지럽고 힘든 시간이겠지만
찬란하고 빛나던 순간들과 기억들도
놓아주면 훗날 아름다운 풍경이 된단다.

그때, 지금의 그 사람은
그저 웃음이 나오는 의미 없는 사람이 될 테고
또 다른 사랑으로 더 깊은 의미를 채워 나가겠지.

오히려 난
그렇게 사랑에 완전히 녹아든 네가 대견하단다.

너의 용기가 아름다워 보인단다.

열병처럼 충분히 아파하거라.
아픈 만큼 남김없이 눈물 흘리거라.
너는 최선을 다해 사랑했고
예의 바르게 그를 아껴 주었으니
아름다운 사랑을 한 것이다.

사랑에 모든 것을 걸었으니
그를 위해 모든 것을 품었으니
이제 그만 그 사랑 놓아 주거라.

사랑에 인생을 걸었던 너의 모습이
충분히 아름답고 사랑스러웠으니,
놓아주어도 괜찮다.

마음껏

기대요

가끔씩 그대에게 내어 주는

나의 어깨가 힘겨울 때가 있다.

얼마나 힘든 시간을 버텼기에 이토록 무거운지,

마음의 무게가 고스란히 어깨에 전달되어 몸이 아려온다.

당신이 지고 있을 삶의 무게가 얼마나 힘들지 짐작이 간다.

여느 때와 다름없는 하루의 시작이었다.

찢어 놓은 솜사탕 구름이 흩어져 있는 하늘,

쏟아지는 햇볕을 모두 다 가릴 듯 높이 솟아오른 빌딩들,

어딘가에 홀린 듯 빠르게 걸음을 재촉하는 사람들까지.

특별할 것 없이 늘 비슷하게 반복되는 그 하루가

누군가에게는 버티기 버거울 수 있다.

눈에 보이는 하루의 풍경이

팍팍한 삶을 담은 드라마의 한 장면처럼

다가오는 순간이 있다.

이런 날은 나를 둘러싼 모든 일이 아픔으로 다가온다.

버거운 하루를 보낸 당신을 위로하고 싶지만,

작은 내가 얼마나 힘이 될지 모르는 일이다.

나조차도 그대의 한숨 섞인 얼굴에 마음이 무너졌으니까.

그래도, 울지 마라.

당신 아픔의 무게를 고스란히

내 어깨로 받치고 버텨 주마.

마음껏 기대라.

그렇게

우리 함께 버텨 보자.

살아

움직이자

내 앞을 가로막고 있는 세상이라는 큰 벽은

한동안 허물어질 생각이 없어 보인다.

이 장애물은 마치 허들 레이스처럼

그 높이가 점진적으로 높아진다.

누군가는 그랬다.

세상의 벽이 높아지는 게 아니라

나 자신이 점차 작아지는 거라고.

아니다. 동의할 수 없다.

나는 작아지는 것이 아니다.

어떤 식으로든 변화하려 노력하며

어제와 다른 내가 되어 간다고 믿는다.

나는 서서히 자라고 있지만

내 앞을 가로막은 벽은

훨씬 빠른 속도로 자라난다는 게 문제다.

절망과 좌절, 슬픔을 겪어 본 사람은 안다.

벽이 있고 없고의 문제가 아니라

그 벽 앞에서 나의 왜소함을 느낄 때가 문제라는 것을.

그럼에도 불구하고

스스로 자라려고 노력하는 것은

언젠간 그 벽을 넘어설 수 있다는 희망이 있기 때문이다.

혼자만의 힘으로 무리라면 함께하는 방법이 있다.

내 힘이 부족하면 옆 사람과 함께

조금 더 높은 곳으로 향하자.

작은 나와 네가 함께

'우리'라는 이름으로 힘차게 벽을 뛰어넘자.

우리,

조금씩

살아 움직이자.

애쓰지

마세요

가치 없는 것을 위해 애쓰지 마세요.

당신만 지칠 뿐이에요.

그런다고 해서

바뀔 사람이고

개선될 관계이고

해결될 문제라면

그전에 바뀌었겠죠.

그는 당신이 애쓴다는 걸 몰라요.

자신을 위해 당신이 노력한다는 걸 몰라요.

배려하고 있다는 걸 몰라요.

그러니 이제 그만두어요.

당신만 지칠 뿐이에요.

주위를 의식하지 마세요.

신경 쓰지 마세요.

자유로워지세요.

행복해지세요.

애쓴다고 해서

바뀌는 건 없어요.

나는 왜 애쓰지 않아도 될 일에 온 마음을 썼을까. 정작 마음을 쓰고 애써야 할 곳은 따로 있었는데. 그렇게 애써서 내가 원하는 방향으로 흘러간 적이 얼마나 되었던가.

그리 많지 않았다. 특히 내가 아닌 타인을 위해 애쓸 때면 더더욱 그랬다. 상대를 배려하면 할수록 나를 내어놓으면 놓을수록, 그저 내가 해야 할 일을 했다고 받아들일 뿐이었다.

내가 아니면 안 된다는 말로 그들은 나를 이용해 편히 생활하고자 했다. 일을 잘하는 사람이 더 하는 게 당연하다는 게 세상의 태도였다. 나 자신은 또 어땠나. 완벽해지려고 애쓸수록 스스로를 더 궁지로 몰아세웠다. 착해지려 애썼지만 돌아오는 건 상처뿐이었다.

좋은 사람으로 보이려 노력한 만큼 나에게 먼저 좋은 사람이 되었어야 했다. 애쓸 만큼 가치 있는 일이 아니라면 애쓰지 말았어야 했다.

이제 더 이상 애쓰지 않기로 했다.

그저 자유롭기로 했다.

나에게

좋은 사람

좋은 사람을 만나고 싶었다.

그런 사람과 행복을 꿈꾸었다.

늘 즐겁게 함께할 수 있으리라 믿었다.

그렇게 나는

누가 봐도 좋은 사람을 만났다.

하지만,

즐겁지 않았고

행복하지 않았다.

분명 좋은 사람이었음에도

그 사람으로 인해 나는 보이지 않았다.

그와 함께하는 동안 진짜 나는 없었다.

그렇지만 그는 누가 봐도 좋은 사람이었다.

누가 봐도 좋은 사람이

나에게만 좋은 사람이 된다는 법은 없다.

나에게만 좋은 사람과 함께해야

정말로 행복해진다.

모두에게 좋은 사람 말고

나에게만 좋은 사람,

그런 사람을 만나고 싶다.

언제나

무사하기를

일상에서 행복을 찾으려 애쓰던 날이 있었다. 행복은 멀리 있지 않다고 생각한 나날들. 마음먹기에 따라 행복은 가까운 곳에 있다고 믿었다. 하지만 그렇지 않은 날들이 더 많다고 느낀다. 누구도 알려 주지 않았지만 직감적으로.

나이 들면서 걱정과 아픔에 더 집중한다. 예전에는 내일은 어떤 재미난 모임을 만들지, 누구와 새로운 일을 벌일지 설렘 가득한 일상을 살았다면 지금은 하루가 그저 무사하기만을 바란다. 아무 일도 일어나지 않고 편안히 흘러가기를 바라는 마음이 생각보다 커져 버렸다.

쉽사리 호기심을 자극하는 일을 찾아 나서지 않는다. 호기심을 잃어버리면 어른이 된 거라고 했는데, 나는 어른이 다 되어 버린 건지도 모르겠다.

호기심이 사라진 것보다 더 아픈 건 하루가 그저 조용히 흘러가기를 바라는 것, 그저 내 주위의 누군가가 다치지 않고 편안한 하루를 보내기만을 바라는 것이다.

하지만 일상이 꼭 신나는 일이 생겨야 행복한 것은 아니다. 그저 별일 없이 지나간 하루 안에서도 행복이라는 의미를 부여할 수 있다.

※ ※

나는 원한다.
당신의 일상이 별일 없기를.
당신의 하루에 걱정이 생기지 않기를.

나는 믿는다.

복잡하고 소란한 일들이 많이 일어나는 세상에서

당신의 하루가 편안하면 나도 편안할 거라고.

나는 바란다.

일상에 주어진 아픔이 없기를.

그렇게 당신의 하루가 무사하기를.

언제나 당신이 무사하기를.

그럼 나도 무사할 테니.

모든 게 다

별일이다

우리는 거짓과 의심이 넘쳐나는 세상에 살고 있다. 내가 나를 감추기 위해 가면을 쓰고 남을 대하듯이, 남도 그럴 수 있다. 그렇기에 상대가 지어 보이는 미소가 어떤 의미를 담고 있는지 정확히 알 수 없다. 본인의 단점을 감추기 위한 가식적인 미소일 수도 있고, 좋은 사람처럼 보이려는 과시적인 미소일 수도 있다. 자신의 불안함과 부족함을 감추기 위한 수단일 수도 있다.

그래서 남의 웃음 뒤에 무엇이 숨겨져 있는지 종종 의심할 때가 있다. 상대가 나에게 웃음을 지어 보인다고 하더라도 내게는 표면적인 미소일 뿐, 나에 대한 호감으로 웃음 지을 거라 단정할 수 없으니까.

한번은 친구들 모임에서 친한 친구 Y가 나에게 K를 험담한 적이 있었다. 그리고 얼마 지나지 않아 Y가 K에게 내 험담을 했다는 이야기를 들었다. 그렇게 나에게 미소를 지으며 대하던 그였는데. 미소를 오롯이 받아들이기 힘든 세상에 살고 있는 우리는 어떻게 해야 하는 걸까.

노희경 작가의 드라마 〈그들이 사는 세상〉에는 이런 대사가 나온다.

"어머니가 말씀하셨다.
산다는 건 늘 뒤통수를 맞는 거라고.
인생이라는 놈은 참으로 어처구니가 없어서
절대로 우리가 알게 앞통수를 치는 법이 없다고.
나만이 아니라 누구나 뒤통수를 맞는 거라고.
그러니 억울해 말라고."

어머니는 또 말씀하셨다.

"그러니 다 별일 아니라고."

여기까지만 보면 그 말씀이 맞다. 사는 건 늘 뒤통수를 맞는 일, 이렇게 조금씩 적응하며 무뎌지는 일. 그게 어른이 되어 가는 거겠지. 그런데 그게 어디 쉬운가. 하루가 멀게 같은 일이 생기고 우리 마음을 지치게 만드는데 말이다.

하지만 바로 이어지는 그 뒤 대사에 마음이 조금은 풀렸다.

"그건 육십 인생을 산 어머니 말씀이고
우리는 너무나 젊어.
우리는 모든 게 다 별일이다, 젠장."

그렇다. 모든 게 다 별일인 것이다. 어쩌면 육십 인생을 산 어머니라도 여전히 별일을 겪으며 살지 않을까.

'그래, 세상이 내 마음대로 흘러가면 재미없지'라고 스스로를 애써 위로하지만 그것 따위 아랑곳하지 않고 별일이라는 게 매일 생긴다.

상대의 미소에 담긴 의미를 알 수 없듯이
인생도 때때로 전혀 알 수 없다.

참 별별 세상이다.

하는 일마다 잘되리라

ⓒ 전승환, 2023

개정판 1쇄 발행 2023년 11월 29일
개정판 4쇄 발행 2024년 10월 11일

지은이 전승환
기획편집 박서영
디자인 책장점
본문 사진 ⓒ한빛(@hanbit_pic)
콘텐츠 그룹 정다움 이가람 박서영 이가영 전연교 정다솔 문혜진 기소미

펴낸이 전승환
펴낸곳 책읽어주는남자
신고번호 제2024-000099호
이메일 book_romance@naver.com

ISBN 979-11-985303-0-1 03810